Sonya
ソーニャ文庫

激甘ハネムーンは無人島で!?

桜井さくや

JN251139

イースト・プレス

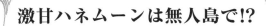

contents

第一章

アンジュの四歳下の婚約者・ラファエルは天使のように可愛《かわい》い男の子だ。

キラキラ輝く金色の髪に透明感のある緑の瞳。

マシュマロのような頬《ほお》と、どこを触ってもぷにぷにとした柔《やわ》らかな身体。

走るよりもころころと転がったほうが速そうなその見た目は、母性本能をくすぐられてアンジュを堪《たま》らない気持ちにさせる。

そんなラファエルの一番の魅力は、なんといっても愛らしい笑顔だった。

「ねぇ、アンジュ。今日も一緒に寝ようね」

その日も夕食が終わって皆が広間でくつろいでいたところ、ラファエルはいつものようにアンジュの横にぴったりとくっつき、若干眠そうな顔で囁《ささや》いた。

親同士の仲が良いということもあって、自分たちは物心つく前から互いの家に頻繁《ひんぱん》に行ったり来たりしている。

どちらかの家に泊まることも珍しくなく、今日はラファエルが彼の両親と共にアンジュの家に泊まりに来ているのだが、一人っ子で甘えん坊の彼は、夜になると決まってアンジュに一緒に眠ろうと可愛くねだってくるのだ。

「ラファエル、もう眠いの？」

「うん」

「じゃあ、ちょっと待ってね」

小首を傾《かし》げて見つめられ、アンジュはすぐに頷《うなず》きたい気持ちをぐっと堪えて、父のジェフを振り返る。まだ六歳の彼と十歳の自分がどうにかなるわけもないのだが、親の許可を得ることが決まりだった。

「お父さま、今夜はもう部屋に戻ります。またラファエルと一緒に眠っていいですか？」

「ん？　あぁ、もうそんな時間なのか……。いいよ。その代わり、ロイも一緒に連れて行きなさい。二人でばかり仲良くしていると、へそを曲げてしまうからね」

「はいっ。――ロイもおいで。皆で仲良くできるよね」

「うん！」

「おじさま、おばさま、今日も楽しかったです。おやすみなさい」

「私たちも楽しかったよ。おやすみ可愛い子供たち。今夜もいい夢を」

「お父さま、お母さまもおやすみなさい」

「ああ、いい子でおやすみ」

アンジュは自分たちの両親にそれぞれおやすみの挨拶《あいさつ》をしてから、三人で手を繋《つな》いで居間を出ていく。

子供たちがいなくなっても、大人たちの笑い声が廊下に漏《も》れ聞こえていた。

今夜も夜更《よふ》かしをして明日は皆で盛大に寝坊《ねぼう》をするに違いない。いつものことながら、その様子が想像できておかしかった。

ちなみに、一緒に連れて行くように言われたロイはアンジュの四歳下の弟だ。

ラファエルとは同い年で二人は気の合う幼馴染みでもある。どちらかの家に泊まるときは、こうして三人で一緒に眠るのが幼い頃からの夜の過ごし方になっていた。

「ロイも眠い？」

「ううん。でも、たぶんすぐ寝ちゃうよ。ラファエルの眠気ってうつるもん」

「そうね」

ロイの言葉にアンジュはくすっと笑う。

ふとラファエルに目を落とすと、歩きながら瞼《まぶた》が閉じかけていた。

繋いだ手が温かい。これはもういつ眠ってもおかしくないと思ったアンジュは、二人を引っ張るようにして自分の部屋へと足早に向かった。

「あっ、待ってラファエル！　寝るのはお着替えしてからよ」

部屋に連れて行くや否《いな》や、真っ先にベッドに向かおうとするラファエルを慌《あわ》てて引き止め、アンジュはあらかじめ用意してもらっていた寝間着《ねまき》を手に彼を追いかけた。

「手伝ってあげるから両手を挙げて。ロイは一人でできる?」

「できるよ」

「えらいわ」

半ば強引にラファエルの服を脱がしながら、アンジュは年長者の務めとしてロイにも気を配る。

けれど、ロイのほうはいつもそれほど手がかからず、今も不器用な手つきながら自分で着替えていた。

「ぼくも、できる、よ…」

一方で、口でだけは虚勢《きょせい》を張るラファエルだが、それを行動に移す気配はない。

どこもかしこもぽよんぽよんの身体を晒《さら》し、立ったままでこっくりこっくりと船を漕《こ》ぎだす始末だった。

「……ラファエル、手はこうして挙げていてね」

「あい…」

これでは埒《らち》が明《あ》かないと諦め、アンジュは彼の着替えをすべて手伝うことにした。

ところが、その矢先にロイが着替えを終えてしまい、だんだんと暇《ひま》を持て余し、ふっくらしたラファエルのお腹を指で突いて遊びだす。

「こーら、人の身体で遊ばないの」

「だって楽しいんだもん。ねぇアンジュ、ラファエルの身体、また膨《ふく》らんだね」

「たくさん食べるもの。きっと将来とても大きくなるのよ」

「横に大きくなるだけだったりして」

「……それはそれで可愛いと思うわ」

「まぁねー。でもさ、ラファエルの見た目ってほんと美味《おい》しそうだよね。この白いお腹なんて見てるだけで食べたくなっちゃう。あーん、もぐもぐ」

「ロイ、ぼくは食べものじゃないよぉ」

「そうよ、私だって我慢してるのに」

「アンジュ…」

「ふふっ、冗談よ。さぁ、風邪をひいてしまうから早く着ましょうね」

ロイがラファエルにイタズラを仕掛けていたのをやんわり制し、アンジュは手慣れた動きで彼に寝間着を着せていく。

本当はもっと恥じらいを持つべきなのだろうが、こんなやり取りはもう物心つく前から続いており、姉弟のように育ってきたラファエルにそういう感情を持つのは正直言って難しかった。

「ふぅ…。さてと」

アンジュは先に着替えを終えた二人をベッドに寝かせると、くるりと背を向けただけで、その場で自分の服を脱ぎ始める。

恥じらいのなさは自分の着替えについても同様だ。大人の目がないのをいいことに、アンジュはいつもこうしてラファエルの前でも平気で着替えをしてしまっていた。

けれど、それはたぶん彼も同じなのではないだろうか。彼がアンジュに甘える様子はロイよりも遥《はる》かに幼く、まるで赤ん坊のようだった。

「アンジュ、早くぅ」

「はぁい」

ラファエルの甘え声に急かされ、慌てて着替えを終わらせてベッドへ向かうと、アンジュは横になる二人の間に身体を滑り込ませた。本当は端《はし》でいいのだが、ラファエルがアンジュは真ん中だと言って譲らないので、その要望に応えてのことだった。

「あったかい」

毛布を被ると、両隣の温もりに思わず頬を緩める。

特にラファエルはふかふかの身体をぴったりとアンジュに密着させてくるので、彼が触れる右側のほうが温かかった。

「……あ、そういえば、前にラファエルにちょっかいを出してた子、あれからどう？」

「ぼくにちょっかい？」

「この前ラファエルの家に行ったとき、男の子が来てたでしょ？　あの子、大人が見てないところでラファエルに意地悪してたって、あとでロイから聞いたの」

「ぼくに意地悪？」

「ほら、ラファエル、ぼくたちより一つ上でさ、時々家に来るって言ってたじゃない」

「うーん？」

アンジュはロイの言葉に頷きながら、首を傾げるラファエルを見つめる。

その少年は時々彼の家に両親と共にやってくるらしいのだが、アンジュが会ったのはそのときが初めてだった。残念ながら自分はラファエルがちょっかいを出されているところは見ていないが、さり気なく頬をつねってみたり、ふっくらした身体を馬鹿にしたりと、偶然目撃したロイ曰く、なかなか性格の曲がった子だったようだ。

「あっ、レヴィのことかなぁ？　そういえば、ほっぺを引っ張られたかも」

しばし考えたラファエルは、思いだした様子でぽつりと呟《つぶや》く。

どうやらロイの話は事実だったようだ。アンジュはマシュマロのようなその頬に触れて憤慨《ふんがい》した。

「ひどいわ…っ！　今度その子が来るときは教えてね。注意してあげる！」

「えー、そんなのいらないよ。ぼく、レヴィとちゃんとお友達になったもの」

「……え？　そうなの？」

「うん。レヴィはね、なんでも一人でできちゃうすごい子なんだよ」

ニコニコ笑ってその子を褒《ほ》めるラファエルにアンジュは目をぱちぱちさせる。

左側にいるロイに目を向けると、少しほっとした様子で「さすがラファエルだね」と苦笑を浮かべていた。心配はしていたが想定内だったのだろう。意地悪をするような子でも、ラファエルとすぐに友達になってしまうのは一人や二人ではなかった。

やっぱりこの子は天使かもしれない。

そんなことを考えながら柔らかな身体を抱きしめていると、ラファエルはさらにぴったり身体を密着させてアンジュの耳元で囁いた。

「ね、アンジュ」

「なぁに？」

「毎日こうしていられたらいいね」

「そうね。大人になったらずっとよ」

「わぁ…、早く大人になりたいなぁ……。アンジュ、早く結婚しようね」

「ええ、楽しみね」

「おやすみのキス、ちょーだい」

「おやすみ、ラファエル。…ロイもね」

「ん、おやすみなさい」

せがまれるまま、アンジュはふっくらしたその頬にキスをする。

反対側にいるロイにも同じようにキスを落とすと、二人からもそれぞれ左右の頬にキスをもらった。

なんだかほっこりしたいい気分だ。

しばし天井《てんじょう》を見上げていると、規則正しい呼吸音が聞こえてくる。右側に目を向けたところ、ラファエルがすぅすぅと可愛い寝息を立てていた。

相変わらず、びっくりするほど寝つきがいい。

左側にいるロイを見れば、彼のほうもウトウトしていて今にも眠ってしまいそうだ。

「可愛い……」

二人の姿に頬を緩ませ、アンジュは小さなあくびをして目を閉じる。

両隣の柔らかな温もりのおかげで夢の中へと誘われるまで、ものの数秒もかからなかった。

それは当たり前に過ぎていく、いつもの一日。

きっと大人になってラファエルと結婚してからも一生続く関係だ。

そのことに疑問を抱く必要などなかったし、親が決めた相手だからとアンジュが彼に不満を持ったことも一度だってない。

——男爵家のこのメレディス家と、伯爵家であるラファエルのアーチボルド家。

両家は昔から親交があり、父たちも幼馴染みの親友同士だ。それぞれに嫁《とつ》いだ母たちもまた幼馴染みであり、その縁が重なって彼らは同じ日に同じ場所で結婚式を挙げた。

『いつか私たちに子供ができた暁《あかつき》には、その子たちを結婚させて一層強い関係を築いていこうじゃないか！』

後にラファエルの父となるカーティスの熱のこもった提案を皆が笑顔で受け入れ、約束を交わしたのは、式を挙げたその日のことだったらしい。

それから数年後、メレディス家にはアンジュが、その四年後にラファエルがアーチボルド家に生まれ、将来二人が結ばれることが決まったのだ。

そのことに、異を唱える者は誰一人としていない。

特にメレディス家にとってはこれ以上ない良縁だった。アーチボルド家は古くから貿易業を営んでいたが、カーティスの代でその事業を一気に拡大させ、今やその富も名声も誰もが羨むほどのものになっていたからだ。

とはいえ、メレディス家も財政が厳しいわけではない。

おっとりした性格のアンジュの両親にとっては親友との約束を果たせることのほうが嬉しく、そんな二人の影響を受けて育ったアンジュも相手の家が格上だとか、そういうことを気にかけたことがない。

アンジュは、ただただラファエルが好きだった。

マシュマロのような頬。柔らかくてふわふわの身体。

上手に食事をする姿を褒めれば、にっこり笑ってとても美味しそうに食べる。彼の母シャーロットが傍にいても、アンジュがいればべったり甘えて片時も離れようとしない。

何より素敵なのがその笑顔だった。

ちょっとたれ目の彼が笑うととびきりの笑顔になって、どんな人の心も優しく溶かしてしまう。天使がいたら、きっとラファエルのように純真無垢《むく》に違いない。

家もそれなりに近く、互いの屋敷に泊まることが珍しくないのは親同士の仲が良いというのが大きいだろう。

けれど、そんな関係を差し引いても、彼といると幸せな気持ちになれるというのがアンジュにとっては何よりも大切なことだった。


「――だめ……って、……エル」

皆で眠りに就いて、どれだけの時間が経っただろうか。

すっかり夢の中に身を投じていたアンジュは、不意にロイの声を耳にした。

わずかに意識が戻り、また眠りに落ちる境目をうろうろしていると、ふにゅっと柔らかなものが頬に押し当てられているのに気がつく。

「ん…っ」

「あー、ほらぁ。ラファエル、アンジュが起きちゃうよ」

「ほんと？」

「……え？」

二人の声がやけに近くから聞こえる。

ふっと意識が戻って目を開けると、なぜかラファエルの顔が間近にあって、その後ろからロイもアンジュを覗《のぞ》き込んでいた。

二人とも、どうして起きているのだろう。

「……なにを、してるの？」

「ほっぺにキスをしてたの」

「キス?」

「アンジュにいっぱいしたかったの」

言われてみれば頬が濡れていた。

よだれでべちゃべちゃの頬に手を当てていると、ラファエルはにこっと笑って抱きついてくる。若干首を傾げて「だめ?」と無垢な眼差しを向けられると、心がふにゃふにゃに溶かされてしまい、起こされた不満など一瞬で忘れたアンジュは目の前のイタズラな天使をぎゅうっと抱きしめた。

「ううん。いっぱいキスをありがとう」

「もっとする?」

「そうね。ほしいけど、もう遅いから寝ないと。今度またちょうだいね」

「うん」

「ロイも寝ようね」

「……ん、そうだね」

ロイも一緒に抱き寄せ、アンジュは二人にキスをした。

「アンジュ…、だいすき。早く結婚しようね」

抱きしめたラファエルの頬がアンジュの肩にふわっと押しつけられる。

服越しでもわかる柔らかさにまた顔が緩んだ。

アンジュが好き。早く結婚しようね。

これはラファエルの口癖で、会うたびに必ず言われる言葉だ。

今日はそれがいつも以上に甘く響き、アンジュは自分が笑った顔のまま、今度こそ深い眠りに落ちていくのを感じた――。

+ + +

穏やかで幸せな日々は、その後、二人が成長しても当たり前のように続いた。

それはアンジュが二十歳になり、年頃の娘になっても何一つ変わっていない。

ラファエルは十六歳になったが、ふっくらした見た目は小さな頃と同じで、背もアンジュより十センチ以上低い。始まったばかりの声変わりで時々声が掠《かす》れるらしいが、今はまだソプラノに近く、女の子のようだった。

アンジュはそんな彼を微笑《ほほえ》ましく見つめ、ただひたすらのんびりと、子供のときと同じ感覚で何の変化もない日々を過ごしていた。

――ところが、何の前触れもなくラファエルが訪れたある日のことだ。

ソファに座って編み物をしていたアンジュは、部屋の扉をノックする音と共に覗かせたふっくらした頬に気づき、笑顔で立ち上がった。

「ラファエル、来ていたの？」

「アンジュ、突然ごめんね。話したいことがあるんだけど、ちょっと入っていいかな」

「もちろんよ。ロイも呼ぶ？　部屋で休んでいると思うのだけど」

「ううん、できれば二人がいいんだけど、嫌かな？」

「どうして？　嫌なわけないわ」

「よかった」

ラファエルはそう言ってふわっと笑う。

天使の微笑みも相変わらずだ。笑うとマシュマロのような頬にえくぼができて、たれ目がちな目が柔らかく弧を描いて何とも愛らしい。

けれど、相手がどんなに幼く見えても、世間的に見ればアンジュはそろそろ結婚してもおかしくない年頃だ。いまだにラファエルを想う気持ちは弟のロイに対するものとそう変わらないが、それでも彼との結婚を漠然《ばくぜん》と考えるようになっていた。

「話、してもいい？」

「ええ」

ラファエルはソファに座ると、隣に腰掛けたアンジュの手をきゅっと握りしめる。

いつになく真剣な眼差しだ。よほど大切な話なのかと思ってアンジュは背筋をぴんと正した。

「実は僕、少し前から考えていたことがあって……」

「考えていたこと？」

「うん。それでね、今から言うことは簡単に決めた話じゃないんだ。アンジュがだめって言っても、聞いてあげられないことはわかってほしいんだ」

「……？」

「よく聞いてね」

「え、ええ…」

一瞬、結婚のことかと思ったが違うようだ。

話が見えないが、有無を言わさぬ雰囲気にぎこちなく頷くと、ラファエルは繋いだ手に力を込めて思い切った様子で口を開いた。

「僕は明日、父上の船に乗ることにした！」

「……おじさまの船に？」

「そう。それでね、大事なのはここからなんだけど……」

ラファエルは頷き、自分の頬にアンジュの手をそっと押しつける。

上目遣いで見つめられて胸がきゅんとしたが、まっすぐなその眼差しに決意めいたものを感じ、先の言葉をじっと待った。

「アンジュ、帰ってきたら僕と結婚してほしいんだ！」

だが、力の込められたその言葉にアンジュはきょとんとして首を傾げる。

話とはやはり結婚のことだったみたいだ。

こんなに真剣な顔で言われるとは思わず少し驚いたが、ついにそのときが来たのねと、深く考えることなくアンジュはこくんと頷いた。

「わかったわ」

「ほんと!?　絶対だよ！　約束してっ、絶対だからね！」

「ええ、もちろん。約束するわ。絶対よ」

「……っ、よかったぁ」

断るわけがないのに、なぜラファエルは安心した様子で息をついているのだろう。

念を押されたことも不思議だったが、今の話にふと疑問が浮かんだ。

「ところで、おじさまの船って、あの大きなガレオン船でしょう？」

「そうだよ」

「どこへ行ってくるの？」

「そ…っ、それ、は……」

その問いかけに、ラファエルはあからさまに目を泳がせた。

何かあるのだろうか。違和感を覚えてさらに問いかけようとしたが、彼はその前にアンジュの手をぱっと放して立ち上がった。

「ラファエル？」

「……」

声をかけても彼はなぜか背を向けて返事もしない。

妙《みょう》に哀愁《あいしゅう》の漂う背中が気になり、アンジュは立ち上がってすかさず彼の前に立った。

「どうかしたの？　私、変なことを聞いた？」

「べっ、別にそんなことは」

優しく問いかけたつもりだったが、ラファエルはおどおどした様子でアンジュから目を逸らして口元をきゅっと引き結ぶ。

まるで話すのを拒んでいるみたいだ。

ここにきてようやく何かがおかしいと思い始めたアンジュだったが、こんなことは初めてでどうしていいかわからない。言葉を探していると、彼はサッとアンジュの横をすり抜け、途端に駆け足になって一目散《いちもくさん》に部屋を出ていこうとした。

「待って、ラファエル…っ！」

「――ッ」

アンジュの声にぴくっと背中が反応して、ラファエルは一瞬だけ足を止める。

扉に手をかけ、やや逡巡《しゅんじゅん》してからおずおずとこちらを振り返った。

「……お、教えない」

「えっ？」

「ごめんね！」

「ラファエルッ!?」

いつもは笑顔ばかりのラファエルが、なぜか泣きそうだった。

初めて見せたその表情に驚いて固まりかけたが、アンジュが追いかけようと動きを見せた途端、彼は慌てた様子で部屋を飛びだし扉を閉めてしまう。

「あっ！」

一人取り残された形となって、アンジュはぽかんとした。

廊下をパタパタと走る音が徐々に小さくなり、やがて聞こえなくなって、アンジュはごくっと唾を飲み込んだ。

「……もしかして私、拒絶されたの？」

何かしらの一線を引かれたことだけは間違いない。

それに気づいてワタワタしながら窓の外を見ると、ラファエルが乗ってきたであろう馬車が屋敷から出ていくところだった。

さすがにもう追いつけそうにない。

大変大変と小声で繰り返しながら、アンジュは急ぎ弟のロイの部屋へと向かう。親友なのだから何か聞いているのではと思ったのだ。

「ロイ、ロイッ！　ラファエルのことで聞きたいことがあるのッ！」

「……、んー…」

だが、ノックもなしにいきなり部屋に入ったのに、ロイの反応はとても鈍い。

窓辺で椅子に座り、うたた寝をしていたようで、その気持ちよさそうな寝顔に少し冷静になったアンジュは彼の肩を軽く揺すった。

「ロイ、眠っているのにごめんね」

「ん、うん……。……あっと、よだれが」

ロイはふっと目を開けたが、真っ先に気にしたのは自分のよだれだった。

袖口で拭《ふ》こうとしたのでアンジュはさっとハンカチを取り出し、寝ぼけ眼の弟のよだれを拭き取ってあげた。

「んん、ありがと」

「ううん。起こしてごめんなさい」

「いや、いいんだ。あんまり眠ると夜に寝られなくなるし」

大きなあくびをして、ロイは目に涙を溜めながら頷く。

まだあどけない眼差しだが、彼は優しい青年へと成長している。さすがにこの年で同じベッドで眠ることはないが、反抗期らしきものも特になく今でも姉弟仲はいい。

——ラファエルだって、ずっとそうだったのに……。

「で、ラファエルがどうかしたって？」

感傷にふけっていると、ロイがひょいと顔を覗き込んでくる。

先を促してくれたので、アンジュは気持ちを切り替え、先ほどのラファエルの異変について、わかる限りのことを説明することにした。

「ラファエルが明日おじさまの船に乗るらしいのだけど、どこへ行くのか教えてくれないの。なんだか様子がおかしくてすごく気になってしまって……。ロイ、そのことで何か聞いてない？」

「船……？」

ロイはアンジュの話にウンウンと頷いていたが、問いかけられると一拍置いて眉根を寄せ、首をひねった。

しかし、程なくして「ああ」と声を上げ、思いだした様子で答えた。

「そういえば、少し前にそんなこと言ってたなぁ。今聞くまで忘れてたよ」

「えっ」

「だって、それってそんなに驚くような話なの？　去年だって将来ラファエルが事業を継ぐための勉強の一環とか言いながら、旅行気分であのでっかい貿易船の一つに家族で乗り込んで、二、三日近海を周遊してたじゃない。ラファエルが帰ってきたとき、楽しかったってはしゃいでたよね」

「……言われてみると」

「でしょ？　だから、今回も似たような話だと思ってたんだけどな。気になるなら明日、見送りに行って、もう一度聞いてみたら？　なんだったら僕もついていくよ」

「うん、……そう、ね。考えすぎだったかも」

「そうそう。ラファエルだって変なときくらいあるって」

「そうよね。そのとおりだわ。ありがとう、ロイ」

ロイの楽観的な答えにアンジュの気分も浮上していく。

ラファエルの泣きそうな顔が頭にちらついてはいたが、明日の見送りで解決しようと思い直し、それ以上深く考えることはしなかった。

＋　＋　＋

翌朝は快晴。比較的温暖なこの地域も秋口になると朝晩で寒暖の差が十度以上ある日も珍しくなく、風の冷たさを感じる季節になりつつあるが、見送りには最適の日だった。

ところが、一緒に行くと言ったロイが寝坊したため、アンジュたちは少しバタついてしまっていた。

おかげで港に着いたとき、ガレオン船に積荷を運ぶ水夫たちの慌ただしい姿がそこかしこで見受けられたが、ラファエルの姿はどこにもなかった。

もう船に乗り込んでしまったのだろうか。

焦《あせ》って捜していると、桟橋《さんばし》に立つスラッとした背の高い紳士と、その紳士に寄り添う淑女が目に留まる。一際目を引くその二人がラファエルの両親だと気づき、アンジュたちは急ぎ彼らに駆け寄った。

「おじさま、おばさま！」

「あら、二人とも、わざわざ見送りに来てくれたの？」

声をかけると、ラファエルの母シャーロットがハンカチで涙を拭《ぬぐ》いながら振り向く。

少したれ目がちの柔和な表情はラファエルと似た雰囲気があるが、同性でもちょっとドキッとするような美人で彼女はアンジュの憧《あこが》れの女性だった。

どうして泣いているのだろうと不思議に思いながら、アンジュはきょろきょろと辺りを見回した。

「あの、ラファエルはどこに」

「もう船の中よ。なんだかすごいやる気なの。あんなラファエルは初めてで涙が止まらないわ……」

「やる気…？　あ、あの、お二人は一緒に行かないのですか？」

「ええ、私たちは行かないわ。今回は一緒じゃだめなんですって」

「え…っ!?」

その話に驚きの声を上げたのはアンジュだけでなく、隣に立つロイもだった。

以前のようにラファエルは彼の両親と共に船に乗るものだと思い込んでいたからだ。

「……だったら、今回ラファエルが船に乗るのは何のためなの？」

カーティスたちがここに立っているということは、目の前のこの船にラファエルが乗っているのだろう。アンジュは呆然《ぼうぜん》としながら巨大なガレオン船を見上げた。

「なんだ、あの子はアンジュにそんなことも説明していないのか？」

「おじさま…。私、なぜだか教えてもらえなかったんです……」

すると、アンジュの落ち込んだ様子に気づいたカーティスが近づいてきて、慰《なぐさ》めるようにそっと背中を撫《な》でてくれた。

「それはすまなかったね。今回は将来のために社会勉強をしたいという、ラファエルたっての希望なんだ。実は半月ほど前に突然言いだして我々も驚いたんだが、どうしても一人で頑張ってみたいと言って聞かないんだよ。まぁ、船に乗っている連中もそう無茶なことはさせないだろうし、その点は心配していないが……。しかし、まだまだ子供だと思っていたのに、一気に大人になろうとしているようで寂しいものだ」

カーティスは自身の心情を覗かせつつも、眩《まぶ》しいものを見るかのような眼差しで船を見上げた。

――将来のための社会勉強？

昨年、親子揃《そろ》って船で周遊してきたときも同じことを言っていたが、それと何が違うのだろう。

そういえば、ラファエルは簡単に決めた話ではないと言っていた。

どうも釈然としない。それが理由なら、出発する前日になってあんなふうに打ち明ける必要がどこにあるというのか。

「おじさま、ラファエルは、いつ帰ってきますか？」

「それはあの子に任せているが、前に乗ったときよりは多少長いんじゃないかな」

「そうですか……」

前は確か二、三日で帰ってきた。

多少というなら一週間くらいだろうか。だとしても、一人ということを考えれば大変な長旅だ。本当に大丈夫かとハラハラしてしまう。

「ねぇ、アンジュ、あそこにいるのラファエルじゃない？」

「え、どこ？　……あっ！」

ロイが指差した先に目を凝らすと、筋骨隆々《きんこつりゅうりゅう》の大男たちに交じって、ふっくらした小さな身体が見え隠れしていた。

柔らかそうな金色の髪、真っ白な肌。間違いなくラファエルだった。

「ラファエル――ッ！」

我慢できずに姉弟揃って大声で彼の名を呼ぶ。

なんとか気づいてもらおうと両手を大きく振り、何度も彼の名を呼んでいると、程なくしてラファエルが甲板からひょこっと顔を出した。

「アンジュ、ロイ？　来てくれたの!?」

ああ、ラファエルだ。本当に一人で船に乗り込んでいた。

「ラファエル、どうして…ッ!?」

どうして何も言ってくれなかったのかという意味を込めて声を上げると、彼は一瞬だけくしゃっと顔を歪《ゆが》めて泣きそうな顔をした。

なぜだか鷲摑《わしづか》みにされたように胸が痛い。

すると、ラファエルは大きく息を吸い込み、甲板から身を乗りだして大きく叫んだ。

「アンジュッ、待ってて！　絶対、僕を待っててね…ッ!!」

彼はそれだけ言うときゅっと唇を引き結ぶ。

そうして乗りだした身体を引っ込めると、あっという間に姿を消してしまった。

「あ…っ」

言葉を繋ぐ間もなかった。

そうこうしているうちに、先ほどまで慌ただしく動いていた水夫たちの姿が消え、桟橋にかかる道板が外された。

やがて船が動きだし、悠々《ゆうゆう》とした船体が港から一隻二隻《せき》と離れていく。

ラファエルの乗った船も同じように動きだし、アンジュたちはそれが小さくなって見えなくなるまで、その場を動かなかった。

この強烈な寂しさは何だろう。

今生《こんじょう》の別れでもないのに、ラファエルがとても遠くへ行ってしまう気持ちにさせられた。

「なんか…、今日のラファエル、いつもと違ってたね。あんな必死な顔、初めて見たかもしれない」

水平線の彼方に消えた船に目を凝らしながら、ロイが違和感を口にする。

けれど、その正体が何なのかは彼にもわからないのだろう。しばし考え込んでいるようだったが、冷たい潮風《しおかぜ》に邪魔をされ、その思考は長く続かなかったらしい。

「アンジュ、ここ寒いよ！　帰ってホットチョコレートを淹《い》れてもらおう！　——あ、おじさまたちも、よかったらうちへ寄りませんか？」

「あぁ、そうだね。では寄らせてもらおうか。なぁ、シャーロット？」

「そうね、カーティス。今日は皆といたい気分だわ」

感傷にふけっていた夫妻にロイが声をかけ、場の空気が少しだけ明るくなる。

寒い寒いと騒ぐロイは身体が大きくなっただけの子供みたいだ。少し力が抜けたアンジュもその場を離れ、待たせていた馬車に戻ることにした。

「――そういえば……」

その途中でアンジュは立ち止まる。

少し前、ラファエルがどこか上の空になってぼんやりと考え込んだり、普段は満腹になるまで食べるのに、夕飯を半分も残してしまったことがあったのだが、そのときの様子がふっと頭に浮かんだのだ。

それは今の今まで忘れていられたくらいの些細《ささい》な出来事だった。

あのときアンジュは熱でもあるのではと心配した。ラファエルは「なんでもないよ」と笑ったものの、その後、小さなため息をこっそりついていたのを覚えている。

――もしかして、ラファエルには悩みがあったのかしら……。

だとしたら、今回のことは思い悩んだ末の行動だったのだろうか。

なんてことだろう。変だと思ったときにもっと深く詮索すればよかった。

しかし、それが船に乗り込むことと、どう結びつくのかアンジュにはわからない。

聞きたくとも当の本人は海の上で、どうしたって答えが出ない。

「そんなに心配しなくても大丈夫だって。すぐ帰ってくるよ」

もう一度港に目を向けると、ロイが気づいて声をかけてくれた。

「そうよね……」

その言葉に励まされ、アンジュは小さく頷く。

彼の両親も寂しがってはいるが、それほど心配はしていない様子だ。

ラファエルの泣きそうな顔も、『待ってて』と叫んだ声も頭から離れなかったが、動きだす馬車の中で、アンジュは遠ざかる港をただ見つめるしかなかった――。

第二章

ラファエルの旅立ちはあまりにも突然だった。

彼はただ『待ってて』と、理由も言わずにその言葉だけを残して去ってしまった。

それでも、すぐに帰ってくるものだとアンジュが楽観視したのは、ラファエルが長く家を空けることを彼の両親が許すはずがないと思っていたためだ。

だが、現実は違っていた。

ラファエルは一週間が経っても一か月が経っても戻らなかった。

半年が過ぎ、一年が過ぎても戻らなかった。

それなのに、皆、驚くほどのんびりしていた。『将来のための社会勉強』という前提があるからか、それほど深刻に捉《とら》えていないようなのだ。

アンジュの両親に至っては彼の行動に感心するばかりで、「ラファエルは元気かな」と時々思いだしたように呟くだけだ。ロイも近況報告としてアンジュと共にアーチボルト夫妻に頼んで時々手紙を出すだけで、特に気にする様子はなかった。このようなのんびりした性格はメレディス家の遺伝なのかもしれない。

けれどアンジュにとってラファエルのいない日々はとても寂しいものだった。それでも、ただひたすら彼の帰りを待つ生活にもだんだんと慣れていき、気づけば二年という年月が流れ、アンジュは二十二歳になってしまっていた――。


「アンジュ、美味しそうなものを飲んでるね」

居間で一人ホットチョコレートにマシュマロを浮かべて飲んでいると、ロイがやってきて隣に座った。

「ロイも飲む?」

「うん、ちょっとだけ欲しいな。アンジュが今飲んでるやつを少し残してくれたら、あとは僕が引き受けるよ」

「まぁ、図々しいのね」

呆《あき》れた笑いを浮かべ、アンジュは何気なくロイを見つめた。

ロイはこの二年でずいぶん男らしい身体つきになり、ソファに座れば肩がぶつかるようになった。彼が十四歳のときに、アンジュはすでに背が追い越されていたが、今はさらに身長差が開いて父よりも大きい。

優しい顔立ちは女性受けがいいようでアプローチをされることもあるらしい。

だが、どうやら本命がいるみたいで頻繁に手紙のやり取りをして、今はその子との関係を育てているようだ。アンジュと違って婚約者が決められていないロイは、好きな相手を将来の伴侶に選びたいという願望があるようだった。

「はぁ…、私、このままおばあさんになってしまうのかも……」

アンジュはカップに浮かんだマシュマロに目を落とし、ラファエルのぷにぷにの頬を思い浮かべてため息をつく。

ロイに比べて何の進展もない自分。

周囲の人々からは、婚約者がいるのにいつになっても嫁に行かないのはなぜなのかと奇異の目で見られているが、気にしたところでどうしようもない。アーチボルド夫妻がラファエルの帰りを黙って待っているのに、アンジュが口出しできるわけがなかった。

それでも、寂しいものは寂しい。アンジュがこうしてホットチョコレートにマシュマロを浮かべているときは、決まってラファエルを思いだすときだった。

「アンジュってさ、本当にのんびりしてるよね」

「ええっ?」

唐突にそんなことを言われ、アンジュは眉をひそめる。

まさかそれを家族の誰かに言われるとは思わなかった。

「いや、だってさ。ただ待ってるってなかなかできないよ」

「そうかしら？」

アンジュはロイの話に首を傾げ、溶けたマシュマロと一緒にホットチョコレートをこくんと飲み込んだ。

「普通はもっと怒ったり焦ったりしそうだけど、そういう感じもないし、このまま何十年でもラファエルを待っていそうだもの」

「……それって、私が何も考えてないみたいじゃない」

あながち否定できないと思いつつ、アンジュは少しムッとする。

おばあさんがどうこうと言いだしたのは自分だが、そんなことに感心されても少しも嬉しくない。

「あれ、どこ行くの？」

「ラファエルの家に行ってくるわ。今日はもともとその予定で馬車を用意してもらっているところだったから、そろそろだと思って。——あ、これはどうぞ。もう残ってないから片付けておいてね」

アンジュは立ち上がり、ロイに空のカップを手渡す。

自分のほうは好きな子と順調なくせにと腹立ち紛《まぎ》れの子供じみた行動だった。

「……アンジュ、怒った？」

「別に。というか、そろそろアンジュって呼び方はやめて姉上とかお姉さまにしてね」

「ちょ…っ、今さら!?　ごめん、本当にごめんって！　褒めたつもりだったんだよ」

ロイの戸惑いを背中で受けながら、アンジュは素知らぬ顔で居間を出ていく。

呼び方なんて本当はどうだっていい。ロイが生まれてから十八年間、なんとなくずっと名前で呼び合ってきたのに、今さら違う呼び方に変えられても心地が悪い。だからこれはちょっとした意地悪なのだ。

これでも充分寂しいと思っているのにと一人憤《いきどお》り、アンジュはアーチボルド家へと向かうため、待機していた馬車に乗り込んだのだった。

――ところが、門を抜けて間もなく、思わぬ足止めに遭ってしまう。

突然近づいてきた栗毛《くりげ》の馬がアンジュの馬車の横を並走してきたのだ。

その馬上の主に止まるように命令されたアンジュの御者《ぎょしゃ》が慌てて指示に従うと、合わせるように栗毛の馬も止まって、乗っていた男がこちらへ近づいてくる。

「やぁ、アンジュ」

いきなり止められて強く揺れた馬車の中、アンジュは咄嗟《とっさ》に手すりに掴まっていたが、小窓から外の様子を見ていたのでおおよその状況は理解していた。

勝手に扉を開けて悪びれることなく目の前に座ったその男を、アンジュはじろっと睨《にら》む。

「レヴィ、なんて強引なことをするの？」

「怒った顔も素敵だね」

まったく意に介す様子のないその男はレヴィといった。

アンジュより三つ下の十九歳ながら、とうに爵位を継いでおり、伯爵家バークレーの当主でもある。ちなみに小さな頃、彼はラファエルに意地悪をしていたことがあり、過去のこととは思いつつも、アンジュとしてはあまりいい印象がない。

その男がどうしてこんなふうに近づいてくるのかは、正直言ってアンジュもいまだにわからない。レヴィはラファエルが旅立って一年ほどしたとき、突如メレディス家へやってきてアンジュに結婚を申し込んできたのだ。

「結婚の申し出なら父が何度もお断りしているでしょう?」

「そうだね。おかげで君に会うのに、こんな方法をとらなければならない」

「まさか待ち伏せしていたの?」

「僕はそんなに暇じゃないよ。数年前に始めた事業が軌道《きどう》に乗って忙しくてね。今日はたまたま近くを通りかかったから、結婚の申し込みという定期訪問にやってきたところだったんだ。君の乗った馬車を偶然見かけたから、少しでも話をしたくてこうして追いかけてきたんだよ」

「……私と話しても意味がないわ。婚約者がいることも、それが誰なのかも、あなたはよく知っているでしょう?」

アンジュはため息をついてレヴィを見た。

彼は何度断っても諦めようとしない。あまりのしつこさにメレディス家への出入りを禁止されたのに、それでも平然とした様子でやってくるのだ。

一年前に結婚を申し込まれるまで、レヴィとはアーチボルド家で何度か会ったことしかなく、特に親しいわけでもなかった。ラファエルの家を訪れていたのは親同士が幼い頃の知り合いだったからだと聞いたが、だったら余計にその婚約者を奪うような行動が理解できない。

「アンジュ、僕はね、子供のとき、何度か会ったことのある君にずっと憧れていたんだよ。けれど、君にはラファエルという婚約者がいたし、あの頃は僕の家も少し大変なときだったから、この想いは秘めるしかなかった。情けない話だけれど、両親と共にアーチボルド家をたびたび訪れていたのは、借金の申し入れをするためだったんだ……」

「え…、そう、だったの？」

レヴィは艶《つや》やかな黒髪をくしゃっと掻《か》き上げて頷き、やや目を伏せて笑う。

初めて知る事実にアンジュは言葉を失ってしまった。

「だけどそれもすべて返済したし、今の僕は自分の力で立っている。二年も放っておく婚約者より僕のほうが絶対にふさわしい。アンジュ、君はこのままあと何年ラファエルを待つつもり？　そもそも彼は帰ってくる気があるのかな？」

「……どういうこと？」

「僕も今はアーチボルド家と同じ貿易業を営む身だ。多少の噂があちこちから入ってくるものでね」

彼は口端を引き上げ、アンジュの膝《ひざ》に己の膝をとんとくっつける。

扉は開いているが狭い空間で二人きりということに変わりはない。妙な雰囲気にならないようにと彼の脚を避《さ》けたが、それに気を取られていたせいで手を掴まれてしまった。

「なにを…」

「ラファエルは各地でずいぶん羽目を外しているらしい」

「な…っ、嘘を言わないで！」

「……即答だね。まぁ、僕は噂を聞いただけだから事実かどうかの確認はしていないし、どう思ってくれても構わない。だけど、海の男が奔放《ほんぽう》なのはわりとよく聞くことだよ。港《みなと》々《みなと》に愛人がいるなんて別に珍しい話でもない。そんな中にいる彼が誘惑に負けないといいけれど…。こう言ってはなんだけど、ラファエルのあの外面の良さを僕はどうも信用できないんだ。笑顔の奥に何かが潜《ひそ》んでいる気がしてならない」

「……ッ、ひどいことを言うのね。それで私が揺れると思っているの？　残念だけど、ラファエルはそんな人ではないわ」

アンジュはレヴィを睨み、掴まれた手を強く振りほどく。

それに肩を竦めたレヴィは、諦めた様子で開け放しておいた扉に手をかける。

しかし、それで馬車から出ていくのかと思いきや、彼は半身を外に出した状態で振り向き、不敵に笑った。

「今日はこれで帰るけど、よく覚えておいて。このままラファエルが帰らなければ、君の父上だって、いつまでも僕を突っぱねていられなくなる。今の僕はバークレー家の当主だ。アーチボルド家も伯爵家だが、もともとの格はこちらのほうが上……。そういう意味でも悪い話じゃないはずだよ」

「レヴィ」

「じゃあまた。僕の可愛い人」

気障《きざ》な言葉を残して去る背中にアンジュは眉を寄せ、手を握りしめる。

おとなしく主人を待っていた栗毛の馬に乗り、レヴィは一瞬だけこちらに笑みを向けると、手綱《たづな》を握ってそのまま走り去った。

その姿をしばし目で追いかけたアンジュだったが、小さく息をついて扉を閉め、御者に声をかけた。

「ごめんなさい。このまま予定どおり、アーチボルド家へ行ってください」

「は、はい…っ」

話を聞かれていたのだろう。御者は少し声を上《うわ》ずらせていた。

動きだす馬車の中、アンジュは苛《いら》つきを覚えながら窓の外を見つめる。

——港々に愛人ですって？

レヴィの言葉に改めて呆れてしまう。

ラファエルに限ってそんなことはありえない。そもそもあのぷっくりふわふわの彼が、港々で愛人を囲う様子など想像できなかった。

ラファエルを馬鹿にされたようで不愉快だ。

不安を煽《あお》るようなことを言われたのに、すべて言い返さなかったことにも今さらながら腹が立ち、アーチボルド家へ向かう間、アンジュはその腹立ちを抑えるように唇を噛み締めていた。

＋　＋　＋

澄み渡る空、秋口の少し冷たい風。

思えばラファエルが旅立ったのもこんな日だった。

アーチボルド家の屋敷の前に馬車を止め、外に出たアンジュはいつになく感傷的に空を見上げ、小さなため息をついた。

「アンジュさま、こんにちは」

「まぁ、マイク。ごきげんよう」

「今、門を開けますので少しお待ちください」

「ありがとう」

真っ先に声をかけてきたのは、偶然門の傍を通りかかった庭師のマイクという男だ。

彼はアンジュが子供のときからアーチボルド家で働いている。非常に腕がよく、この屋敷の庭は彼の手で常に見事な空間が作り上げられてきた。

慣れた様子で門を開け、マイクはアンジュを笑顔で招き入れる。庭仕事で鍛《きた》えられた身体は、シャツを着ていても隠しきれないほど逞《たくま》しい。アンジュは筋肉で盛り上がった腕や背中に感心しながら、彼のあとについて屋敷の中へと入っていった。

「アンジュ、いらっしゃい！」

「おばさま！」

マイクの案内で中へ入ると、すぐにラファエルの母シャーロットが出迎えてくれた。強く抱きしめられて頬ずりをされ、恥ずかしくなるほどたくさんのキスを受ける。

小さな頃からスキンシップが激しい人なので、ある程度慣れてはいるが、ラファエルがいなくなってから週に一度くらいの頻度でアンジュが訪れるようになると、以前より盛大に歓迎されるようになった。

「では、私は庭仕事に戻りますので」

「ありがとう。あとでまた庭を見せてね」

「ぜひいらしてください」

「アンジュ、こっちよ。美味しいお菓子がたくさんあるの」

マイクに礼を言い、その間もシャーロットに奥の部屋へと急かされ、アンジュは素直に廊下を進む。

いつまでも子供のような扱いをされるのには、さすがに苦笑してしまう。けれど彼女もラファエルがいなくて寂しいのだと思うと、好きなようにさせてあげたかった。

とはいえ、アーチボルド夫妻はこの二年で何度かラファエルと会ってはいるようだ。

ただし、彼が時々港に立ち寄ったところを強引に時間を作らせてのことらしく、いつも短い時間を過ごすだけだと嘆いていた。

アンジュも何度か港に行っているが、一度も会えた試《ため》しがない。たまにくれる手紙を読んで元気にしている様子を確認できる程度で、会いたいと手紙を書いても『もう少し待ってて』と短い返事があるだけだ。

そのたびに旅立つ前に見せた彼の泣きそうな顔を思いだす。もしかしたら本当は自分に会いたくない理由があるのではと、そんなふうに考えることもあった。

だからレヴィの言う愛人云々の部分は否定できても、他のところは言い返せなかったのだ。このまま帰ってこないのではと頭のどこかで考えてしまっていたからだ。

「私、ラファエルに嫌われてしまったのかも……」

「えっ⁉」

うっかり心の声が口から出てしまっていた。

しまったと思っていると、目を見開き驚いた様子のシャーロットが、少し怒った顔をしてそれを否定した。

「そんなことは絶対にありえないわ！」

「おばさま？」

「もちろん、ラファエルの本心はあの子にしかわからない。だって二年も家を離れるなんて言わなかったもの……。だけどね、これだけは断言できる。あの子がアンジュを嫌うわけがないの。あなたが気に病むことなんて何一つないのよ！」

「……おばさま……」

「ねぇ、アンジュ。二年とはいえ、あの年頃だもの。成長期もあったし少しは大人びたわ。だけど、ラファエルは私たちに会うと真っ先にあなたのことを聞くの。アンジュは元気にしてる？　早く会いたいなって、それはもう蕩《とろ》けそうな顔でニコニコしながら言うの。あれで嫌ってるなんてとんでもない話よ。そうは思わない？」

そう言ってシャーロットは柔らかな眼差しでふわりと笑う。

胸が詰まって涙が出そうになったが、アンジュは彼女の優しくも力強い言葉で溢《あふ》れそうになった自分の想いを笑顔に変えた。

「おばさま、ありがとう。なんだか私、馬鹿なことを考えてしまったみたい。ラファエルは別れ際に『待ってて』って、ちゃんと言ってくれたのに……。二年くらい、なんてことないわ。だって私、おばあさんになっても待っている気なんだもの」

「アンジュ…ッ！　ああもうっ、いじらしくて泣けてくるわ！　ラファエルったら、どうせなら結婚してから行けばよかったのに！　私、アンジュが私の娘になるのをずっと夢見てきたのよ…っ」

シャーロットは立ち上がり、前に座るアンジュをぎゅうぎゅうと抱きしめる。

痛いくらいの抱擁《ほうよう》だったが、黙って受け入れていると使用人が紅茶とお菓子を運んできた。たちまちシャーロットは笑顔に戻り、それらを一緒にいただいているうちにアンジュたちが小さな頃のことに話が移って、いつの間にか楽しい時を過ごしていた。

ここまできたら、いっそ待つのを楽しむくらいの気持ちでいよう。

嫌われてしまったならともかく、そうでないならなおさらだ。

何を吹き込まれようとも、他の誰とも結婚する気などないのだからと、アンジュは半ば達観した気持ちになっていた。

「――シャーロット！　シャーロットはいるか…っ!?」

ところが、その日の夕方。

日が沈み始め、アンジュが帰ろうとしていたとき、突然シャーロットを呼ぶ声が聞こえ、広間を出るとカーティスが大股《おおまた》で駆け寄ってきた。

「カーティス、おかえりなさい」

「おじさま、おかえりなさい」

「ああ、ただいま。……ッ、おお、アンジュ！　なんて素晴らしいタイミングだ！　今日は何もかもが素晴らしい!!」

カーティスは今にも踊りだしそうな様子で両手を広げる。

いつもと明らかに違う雰囲気にシャーロットとアンジュは顔を見合わせ、カーティスにもう一度目を向けると、彼は懐《ふところ》から一通の封書を取り出し、満面に笑みを浮かべてアンジュにそれを手渡した。

「アンジュ、吉報だ。やっとラファエルが戻ってくるぞ！」

「ほっ、本当ですか!?」

「ああ本当だとも！　君へのこの手紙にもそのことが書かれているんじゃないかな」

目を丸くしたアンジュは急ぎ封書を開けて、中の手紙を取り出した。

そこには次の月曜に船を下りるということと、約束どおり結婚しようという趣旨の言葉が綴《つづ》られてあった。

しかも、締めくくりにはさらに驚くことが書かれてあった。

結婚式を今から半月後に予定している。その手配をカーティスに頼んだとあって、アンジュはびっくりして目をぱちぱちと瞬かせるばかりだった。

「いやぁ、忙しくなるな。大忙しだ！」

「まぁ、やっとなのね…っ。アンジュ、よかったわね！」

目を潤《うる》ませて喜ぶカーティス。アンジュに抱きつくシャーロット。

突然の展開にアンジュはしばし呆然としていた。

けれど、その日は大興奮の二人に付き合って夕食まで彼らと過ごすこととなり、次第に楽しげな雰囲気に流されて、『まぁいいか』と最後には一緒に笑っていた。

驚きはしたが、嬉しくないわけがない。

ラファエルは戻ったら結婚してほしいと言っていたし、手紙からは待ちきれない様子が溢れていたから、今はそれだけで充分だった。

＋　＋　＋

――翌週の月曜、アンジュはラファエルを出迎えるためにロイと港に向かっていた。

二人が港に着いたときにはすでにガレオン船がそこかしこに着岸していて、次々と桟橋に道板がかけられていた。そこにはカーティスとシャーロットの姿もあり、二年前にラファエルを見送ったことを否が応でも思い起こさせる。

「やぁ、アンジュにロイ。おはよう」

「おはようございます」

「いい天気ねぇ。そういえば、あの子が船に乗った日もこんな快晴だったわ」

夫妻も二年前に想いを馳せているようだ。

皆似たようなことを考えているらしいが、今はあのときとは違う。

もうすぐラファエルに会えると思うと、自然と心が浮き立ってしまう。

「そういえばアンジュ、お嫁入りの準備は滞りなく進んでいるかい？」

「ええ。だけどおじさま、私はあまりすることがなくて……」

「あぁいいんだ。花嫁は綺麗でいてくれればそれで充分。アンジュなら今すぐにでもなれるよ」

目尻を下げて笑うカーティスはどことなく疲れていた。

それもそのはず、ラファエルが戻ってくると連絡が入って五日が経つが、カーティスは連絡の入った翌日には式の日取りを決めてきて、今もさまざまなことを取り仕切っている最中なのだ。

アンジュも花嫁衣装のための採寸《さいすん》など、多少の準備はしている。

しかし、それを自分で縫《ぬ》うわけでもなく、嫁入り道具の準備にしても自分の出る幕はほとんどない。結婚式は十日後を予定しているが、ラファエルがいないこともあって実感が湧かず、周りの喧騒とは裏腹に、当のアンジュはかなりのんびりと過ごしていた。

「これはこれは、アーチボルド伯爵。ご無沙汰《ぶさた》しております」

と、そのとき、聞き覚えのある声に話しかけられ、皆が一斉に振り返る。

「……っ」

一瞬、まさかという思いが過ぎったが、その感覚は正しかった。

不敵な笑みを浮かべ、平然と近づいてきたのは他ならぬレヴィだったのだ。

「あ、あぁ…、バークレー家の……」

「その節は大変お世話になりました」

「いや、うん…。今はうちと同業だったね。君が頑張っている噂をよく耳にするよ」

「それは恐縮です。まだ規模が小さくてアーチボルド家とは比較にもなりませんが、向こうの桟橋に並んでいるのがうちの船なんですよ」

そう言ってレヴィが指差した先には真新しいガレオン船が並んでいた。

一体何のつもりだろう。挨拶に来ただけならいいのだが、彼は自信満々の顔をしてアンジュにも目を向けている。

夫妻が少し気まずそうなのは、レヴィがアンジュに結婚を申し込んでいることを知っているためだ。メレディス家として話を受け入れるつもりはないと何度も言っているが、ラファエルが戻らない現状を思うと強く出られないのか、夫妻はそのことを口にするのを避けているようだった。

「あ、そろそろ下りてきそうだね」

そんな状況の中、レヴィの話を気にすることなく、そこかしこに停泊している船に目を凝らしていたロイがぽつりと呟く。

あくまで空気を読まない弟に少し和みつつ、アンジュはレヴィの視線から顔を背ける。

ラファエルさえ帰ってくれれば、すべてが丸く収まるのだ。

「あそこに並んでいるのは特別製の船なんですよ。手に入れるのはなかなか大変でした」

「……そうかね」

レヴィはまだ船の自慢をしている。

カーティスがぎこちなく返事をする様子を耳にしてレヴィを窘《たしな》めたい気持ちに駆られたが、今は下手に口を挟まないほうがいいだろう。アンジュはぐっと抑えてロイの視線を辿った。

徐々に場が騒がしくなり、水夫たちが道板を渡って続々と積荷を運び出していく。

さすがにこの中にラファエルはいないだろう。彼はここに停まるいくつもの貿易船を所有するアーチボルド家の跡取りだ。あのような重労働をやるわけがないし、周りもやらせないはずだ。

となると、彼はこの二年間何をしていたのだろう。

考えてみると、貿易船で働く人々が普段どんなことをしているのかアンジュはよく知らない。わかるのは、積荷の上げ下げくらいのものだった。

いまだに講釈を垂《た》れて、こちらをチラチラ見てくるレヴィの視線に戸惑いながら、アンジュは積荷を運び出す水夫たちの姿を目で追いかける。

それにしても、皆立派な体格で男らしい人ばかりだ。

日焼けした肌に玉の汗が光り、胸が上下する様子を見ただけで、その熱い息遣いが聞こえてきそうだった。

彼らはアンジュの周りにいる男性とは全然違う。

身近なところで頭に描けるのは、ここにいる男性陣や父のジェフくらいだ。

今まで意識したことはなかったが、皆細身で繊細な貴族そのものといった様相《ようそう》で、あのような野性的な逞しさはどこにもない。

――あの人なんて、ロイと年が近そうだわ。

水夫たちの姿に見入っていると、一人の青年が荷物を手に船から下りてきた。

広い肩幅、厚い胸板。引き締まった腰。

その若い水夫も例に漏れず逞しかったが、手足が長くて爽やかな顔立ちをしているからか、誰よりも目を引いていた。

「おかえりなさい！」

ところが、その水夫が道板を渡りきった途端、すかさず若い女が駆け寄っていく。

ふわりとスカートの裾が舞い、ふくらはぎまで肌が見えたが、彼女はそれを気にすることなく彼の光る汗をハンカチで拭う。少し煩《わずら》わしげな顔をされながらも甲斐甲斐《かいがい》しく世話を焼く姿は微笑ましく、完全に二人の世界を作り上げていた。

あの二人は恋人同士なのだろう。似合いの二人だと素直にそう思った。

けれど、胸の奥がもやっとした気がしてアンジュは首を傾げる。

自分の胸に手を当て、昨夜と今朝の食事を思い浮かべ、胸焼けだろうかと考えた。

それほど食べ過ぎた覚えはない。腑《ふ》に落ちない気持ちでいると、その若い水夫が突然こちらを向き、バチッと目が合った。

「……ッ」

もしかしたら、気づかれるほど見ていたのかもしれない。

なぜだかアンジュは焦ってしまい、別にあなたを見ていたわけじゃないという雰囲気を装い、さり気ない素振りで他に目を移そうとした。

「アンジュ…ッ！」

しかし、アンジュを見るや否や、彼はいきなりそう叫んだ。

びっくりして視線を戻すと、その青年ともう一度目が合う。

彼は女を置き去りにして、ものすごい勢いでこちらに向かって走ってくる。

「えっ、え…っ？」

なぜこちらへ突進してくるのだろう。

状況が摑めなかったが、アンジュは取り急ぎ後ろに下がってみる。

だが、そんなアンジュの背中に手が添えられ、それがレヴィのものだとわかって顔を引きつらせた。

ふらついたとでも思ったのだろうか。意図はわからないが、これでは動けない。そうこうしているうちに、脇目も振らずにやってきた青年が大きく腕を伸ばし、アンジュは手首を摑み取られてしまった。

「きゃあっ!?」

そのまま彼のほうへと強引に引っ張られ、身体が勝手にその胸に飛び込んでいく。

頬に当たる胸筋と汗の匂いにドキッとして、いつの間にか力強い腕の中へと閉じ込められてしまっていることに、アンジュは目を白黒させていた。

「なっ、なに…っ」

腕の中から逃れようと抗議の声を上げようとしたが、何気なく顔を上げて思わず先の言葉を呑《の》み込んでしまう。

少したれ目がちの甘い顔立ちが、至近距離でアンジュを覗き込んでいた。

「……っ」

顔が近い。近すぎる。

それが異様に恥ずかしくて、アンジュはジタバタして腕を突っ張り、彼と距離を開けようと腕の中でもがいた。

「こらこら、アンジュが困っているじゃないか。ほどほどにしてあげなさい」

そんなアンジュの思いが伝わったのか、窘めるカーティスの声が響く。

肩にぽんと手を置かれ、青年はパッと顔を上げる。

カーティスは青年と目が合った途端、柔らかく唇を綻ばせた。

その目尻に涙を溜めていることに気づき、アンジュはびっくりしてしまう。ほどほどにしてあげなさいという微妙な言い回しにも違和感を覚え、『まさか』という疑問が脳裏に浮かんだ。

「父上、ただいま戻りました」

「おかえりラファエル。元気そうでなによりだ」

「ええ、ご覧のとおりです」

二人はにこやかに挨拶を交わしていた。

耳を疑う思いだったが、見ればシャーロットまでが嬉しそうに涙ぐんでいる。

アンジュは何も言葉が出ず、その様子を呆然と見ていることしかできない。

「アンジュも、ただいま。会いたかった」

彼はアンジュに視線を戻し、目を細めて笑う。

――あ、えくぼ……。

笑うとできるラファエルのえくぼだ。

じっと見つめ、ちょうど同じくらいの位置にあることに気がつく。

「うそだぁっ！　ラファエルに背を追い越されてるよーッ!!」

と、そこで唐突にロイが喚きだす。

最初こそ呆気に取られていたロイだが、ショックを受けたのは違うところのようだ。そんなロイの頭を抱える姿に吹き出した青年の笑顔がほんの少し昔と重なった。

だが、その笑顔はすぐに消える。彼はアンジュの肩を抱き寄せると、棒立ちになって青ざめているレヴィに目を向けた。

「……レヴィ、久しぶりだね」

「ラファエル……っ」

「俺のいない隙に何度も結婚を迫っていたようだけど、君の出番は最初からないよ。アンジュはもうすぐ俺の花嫁になるんだ。触れることも近づくことも二度としないでほしい」

「……っ」

「行こう、アンジュ」

「え、ええ……」

骨ばった大きな手に腰を抱かれ、アンジュはぎこちなく頷く。

俯いて立ち尽くすレヴィを気にしながらその横を通り過ぎたあと、前を向く精悍《せいかん》な横顔を見上げた。

すっとした頬と顎《あご》。背もロイよりずっと高い。

アンジュを抱き寄せる逞しい腕も、引き締まった身体も以前はなかったものだ。

――これがラファエル……？

あまりの変貌に驚きすぎて思考が追いつかない。二年ぶりの再会だというのに、アンジュは『おかえりなさい』の一言さえ忘れてしまっていた。

＋　＋　＋

船から下りたラファエルと共に、一行がその後向かったのは、彼の実家であるアーチボルド邸だった。

そこでは我が家の如《ごと》く滞在していたアンジュの両親に笑顔で出迎えられたが、ラファエルの変わりようにはさすがの二人も驚いていた。

「大きくなったとは聞いていたが、これは見違えたなぁ…っ！」

「本当ね。ラファエル、とても素敵よ。だけど、カーティスとシャーロットの子供だもの。なるべくしてなったということね」

父ジェフの驚きは成長した子供の姿に目を細めているといった感じで、母クレアもその隣で似たような表情を浮かべている。

すぐに笑顔で挨拶を交わし合う姿を傍で見ていたアンジュは、どうしてそんなにすんなり受け止められるのかと不思議でならなかった。

「ラファエル、これから皆で食事だから着替えてきなさい。今のおまえに合いそうな服を部屋にいくつか用意しておいた」

「あぁ、よかった。前の服はもう着られないだろうって少し心配してたんです」

「気が利くだろう？」

「さすが父上」

「うんうん。では我々は先に食堂で待っているよ」

礼を言って自室へ向かうラファエルにカーティスの目尻は下がりっぱなしだ。

長く離れていたぶん、些細なやり取りさえ嬉しいのだろう。喜びが全身から溢れ出ているようだった。

「いやしかし、驚いたな。たった二年見ないだけで見事に育ったものだね。なぁカーティス、改めて見るとラファエルは君たち二人によく似ていたんだなぁ。鼻筋はカーティスだし、目や唇の形はシャーロット。いいところをうまく引き継いでいるじゃないか」

「これは嬉しいことを言ってくれる。よし、今日はとことん飲もう！」

父とカーティスは楽しげに会話を弾《はず》ませながら食堂へ向かう。

それを見て母とシャーロットはクスクス笑っていたが、やがて彼女たちもその会話に加わっていく。

和気藹々《わきあいあい》とした空気に包まれるのはいつものことだ。

互いに幼馴染みでもある彼らは、アンジュもロイもラファエルも自分の子供のように愛情を注いでくれた。深い付き合いだからこそできることだったのだろうが、そのおかげでアンジュはアーチボルド夫妻を小さな頃から二番目の両親だと思ってきたし、ラファエルがいない二年の間は、特に用がなくとも彼らの顔を見るためだけに会いに行っていた。

この関係はこれからも脈々《みゃくみゃく》と受け継がれていくに違いない。

アンジュとラファエルに子供ができて、ロイにもいつか子供ができて、増えた家族のぶんだけ楽しいことも増えていくのだと、小さな頃からそう信じて疑わなかった。

――ラファエルとの子供……？

だが、これまで何の疑問にも思わなかったことが、今、初めてアンジュの心をざわめかせた。

アンジュにとってラファエルとの子供は、コウノトリが運んでくるくらいのふわっとした存在でしかなかったのに、今になってそこに至るまでの現実的なことを想像してしまったのだ。

「おお、ラファエル。よく似合っているじゃないか。着心地はどうだ？」

「胸まわりと肩が少しきつい気が」

「では、後日仕立て直そう」

ラファエルが食堂にやってきたのは、それから間もなくのことだった。

腕まくりしたシャツで積荷を運び出していた先ほどの彼とはまったく違う。

長い手足や引き締まった腰にドキッとして、アンジュは息を呑む。そこにいたのは、仕立てのいいスーツを完璧に着こなした貴族の青年だった。

「席はアンジュの隣よ。昔からその位置だけは譲らなかったものね」

シャーロットに促され、ラファエルは笑顔でアンジュの隣にやってくる。

なんだか違う人みたいで落ち着かない。席につくと笑みを向けられたが、ぎこちなく笑うことしかできなかった。

そんな二人の様子を目を細めて見ていたカーティスは深く頷く。

「さて、これでようやく全員が揃った。感慨深い想いでいっぱいだが、アーチボルド家の主人としてまずは礼を言わせてほしい。この二年、メレディス家の皆の寛大さに我々は頭が下がるばかりだった。特にアンジュ、君には感謝しかない。本当にありがとう」

「おじさま……」

「ラファエルに聞きたいこと、話したいことが山ほどあるだろう。あとで一人ひとりに本人から心を込めて挨拶をさせるので、そのときに聞いてやってほしい」

話しながら、カーティスの柔らかな眼差しがわずかに潤んでいく。

それを恥ずかしく思ってか、彼は小さく咳払いをして誤魔化していたが、何度か大きく頷くと気持ちを切り替えた様子でカラッとした笑顔を浮かべた。

「では、堅苦しいのはここまでとしよう。せっかくの料理が冷めてしまっては元も子もない。さぁ、今夜は存分に楽しもう！」

その言葉で皆が笑顔で頷き、そこでようやく食事が始まった。

その日は皆、いつになく上機嫌で、カーティスやシャーロットは待ち侘《わ》びた息子の帰りに喜びを隠せず、ジェフやクレアとの会話もいつも以上に弾んでいた。

ロイも幼馴染みとの再会に心なしかはしゃいでいるようだった。

ラファエルがこの場にいる一人ひとりと笑顔で挨拶を終えると、いきなり背の高さを比べたいと言いだし、何センチも越されてしまったことを改めて悔《くや》しがっている。ならば足の長さはどうだ、肩幅は、座高はとしつこく比べていくものの、ことごとく撃沈されて悲《ひ》愴《そう》な顔をするロイの哀れな姿に皆が腹を抱えて笑っていた。

アンジュもそんなやり取りを皆と楽しんで見ていた。

けれど、ふとしたときにラファエルと目が合い、そのたびに笑いかけられるのが妙に落ち着かなくて笑顔が引っ込んでしまう。自分だけが彼と上手に接することができていないように思えて、少しだけ取り残されてしまった気分だった。

「――じゃあ、ラファエルは他の水夫と同じ作業を、この二年間ずっとしてきたの？」

「そうだよ」

「それって、すごくキツかったんじゃない？　積荷を運んだり船の掃除をしたり、また積荷を運んだり…？　何日も船上で過ごしたりもするんでしょ？　荒波に揺られても逃げ場がないんだよね？」

「ないね」

「……うぇっぷ、想像しただけで船酔いしそうだ。そんなの辛すぎる。僕、メレディス家に生まれてよかった」

「ロイは大げさに考えすぎだよ。意外と慣れてしまうものなんだけどな。取引先との交渉にも交ぜてもらったから、あちこちに知り合いができて楽しかったし」

「僕は船酔い体質だし、慣れる気がしないよ…っ」

酒が入って昔話を始めた親たちから少し離れ、ロイは興味津々な様子でラファエルの二年間を聞きだしていたが、その内容を想像してげっそりしている。

アンジュも隣で話を聞いていたが、内心とても驚いていた。

だが、港にいた水夫たちの体格を思いだすと、ラファエルがこうなったのも納得がいく。

貴族である彼がどうしてそこまでとは思うが、あえて過酷な環境に身を置いた理由としては、やはり当初カーティスも言っていたように将来事業を継ぐための勉強だというのが一番しっくりくる。アンジュは自分のせいでラファエルがいなくなったのではという考えを捨てきれていなかったが、聞いているうちに勘《かん》ぐりすぎだったようにも思えてきた。

「あぁ、考えてるだけで酔っちゃったよ。僕、向こうでちょっと休んでくる」

「そう？　――ならアンジュ、俺と向こうで話をしない？」

想像だけで船酔いしたロイが青ざめて立ち上がると、ラファエルはその背中を見送りながら上を指差し、アンジュに耳打ちをする。

「え、ええ、構わないけど」

「じゃあ、手を」

「あ…」

頷くと手を取られ、指先に軽くキスをされた。

そのまま軽く握りしめられると食堂の出口まで手を引かれ、そこで一旦立ち止まってからラファエルは後ろを振り返った。

「父上、アンジュと少し抜けてもいいですか？」

「え？　ああ…、構わないよ。ゆっくり話しておいで」

ラファエルの声に若干酔いが回ったカーティスが振り向き、アンジュの両親に目を向けてその反応を見てから笑顔で頷いた。

皆の了解を得た形となり、ラファエルは小さく頭を下げるとアンジュを連れて食堂を出る。大概こういうときに向かうのは彼の自室だったが、今日は二階のバルコニーに連れて行かれた。

いつの間にか日が沈んで、風が冷たくなっている。奥まで進んでぶるっと震えると、繋いだ手が解《と》かれて、代わりに後ろから抱きしめられた。

「これなら温かい？　俺、体温高いんだ」

「……っ」

耳元で甘い低音が響き、息がかかってびくっと肩を揺らす。

急に落ち着かなくなって、アンジュは彼の意識を逸らそうと必死で話題を探した。

「あっ、あのっ」

「うん？」

「じ、自分のこと、俺って…」

「あぁ、……うん。最初の頃、なかなか周りに馴染めなくて、貴族の坊っちゃんに何ができるんだって目で見られてたんだよね。〝僕〟って言うだけで笑われたりとか……。だから郷に入っては郷に従えというのかな。彼らに色々合わせているうちにこうなってたんだ。

そしたらおまえは意外と骨がある、見直したって言われるようになってさ。いつの間にか、ちゃんと仲間に入れてくれていたよ」

「そうだったの」

自分で振った話だったのに、少し胸が痛くなった。

あの小さかったラファエルが、そんな思いまでして頑張っていたのだと思うと、涙がこみ上げそうになってしまう。

けれど、どうしても引っかかるのは二年前に見た泣きそうな表情だった。

勘ぐりすぎかもしれないが、やはりあれが心に刺さって抜けないのだ。

「ラファエル、一つ聞いてもいい？」

「なに？」

「この二年間、家を離れていたのは、本当に事業を継ぐための社会勉強だったの？」

「……どういうこと？」

「その…、もしかしたら違う理由もあるのかと思って」

「どんな理由？」

「それはよくわからないのだけど。でも、私には理由を教えてくれなかったでしょう？　手紙はくれても一度も会ってくれなかったし……。私、あなたに避けられるような、何か嫌われることをしてしまったのかと」

明確な答えはアンジュ自身も持っていない。

今日のラファエルの話を聞いて単なる勘違いにも思えたが、それでも、この引っかかりを放っておいてはいけない気がした。

「……アンジュ」

「あ…っ」

だが、色々と考えを巡らせていると、アンジュを抱きしめる腕にぎゅうっと力が込められ、あっという間に現実に戻されてしまった。

彼の腕の中にすっぽり収まってしまい、どんどん鼓動が大きく強くなっていく。

動けずにいると、今度は頬に柔らかなものが押し当てられ、それがラファエルの唇だと気づいた。

「嫌っていたら別れ際に待っててほしいなんて言うと思う？　戻ったら結婚してほしいなんて言い残すかな？」

「それはそうだけど」

「待っててくれて嬉しい。本当に嬉しいんだ…っ。俺、アンジュにずっと会いたかった。だけど、会えばきっと甘えてしまうから、中途半端になると思って我慢してたんだ。レヴィのことだって父上に教えられて知ってたけど、ちゃんと断ってくれてるって聞いてアンジュを信じようって踏ん張ってた」

「ラファエル……」

彼が喋《しゃべ》るたびに耳に息がかかり、顔が熱くなる。

おまけに頬にキスをしながら喋るので、もう頭の中が沸騰《ふっとう》してしまいそうだった。

「だけど今日、レヴィがアンジュの傍にいるのを見てすごく嫌だった。離れたのを後悔しそうになった。だってアンジュ、もともと綺麗なのに輪をかけて綺麗になってる……っ。お嫁さんにほしがる気持ちはわかるけど、傍にいていいのは俺だけなのに…ッ」

「え…、たいして変わってないと思うけど……」

「アンジュ、もう絶対に離れないよ！　あぁ、結婚式が十日後だなんて失敗した。今すぐ結婚したいくらいだ」

「……っ」

アンジュは彼の囁きにドキドキしてしまう。

抱きしめる腕の強さにも、ラファエルの匂いにもくらくらしていた。

――十日後…。

しかし、一拍遅れてその言葉が頭に届き、唐突に我に返って喉を鳴らした。

十日なんてすぐだわ。

こうして抱きしめられるだけでも息が上がってしまうのに、あと十日で結婚だなんて、もしかしてこれはかなり大変な事態ではなかろうか。

「アンジュ、こっち向いて」

今さらすぎる話に一人で静かに動揺していると、身体を反転させられ、今度は向かい合わせになった。

「あぁ、嘘みたいだ。アンジュ、なんて可愛い顔をしてるの？」

「え？」

「可愛い、可愛いよ。堪らない……っ」

「あ…っ、ん」

甘い囁きにまた息が上がっていく。

顔が近づき、頬や額、瞼など顔中至るところに口づけられて、最後にふわっと唇が重なる。彼が触れた場所すべてが熱くて、どうにかなりそうだった。

「アンジュ、好きだよ…。この胸を開いて見せてあげたいくらいだ！」

ラファエルは熱っぽい眼差しでアンジュを掻き抱く。

好きだなんて何度も聞いてきた言葉なのに、顔が熱くなって冷める暇もない。

触れられるだけで恥ずかしくて、アンジュはまともに反応もできなかった――。

第三章

誰一人アンジュの小さな戸惑いを気に留めることなく、慌ただしい日々が過ぎていく。

思ったとおり、十日などあっという間だった。

急な決定だったにもかかわらず、アーチボルド家とメレディス家、双方の親戚や友人知人など数多くの人々が駆けつけ、雲一つない快晴の中、ラファエルとアンジュはたくさんの祝福を受けながら約束どおり結婚式を挙げた。


「――はぁ…っ」

そして、それから数時間が経ち、すっかり日が暮れた夜のこと。

今日の主役であるはずのアンジュは、ため息ばかりついていた。

現実味のない感覚が抜けないまま、今日という日が来てしまった印象だった。

ほんの数時間前、アンジュは色鮮やかな花輪を頭部に飾り、繊細なレースのほどこされた白い花嫁衣装を身につけ、長いトレーンを引きずって父ジェフと共にバージンロードを歩いた。

　中央の祭壇で待つラファエルは上質なフロックコートを凛々しく着こなし、その洗練された姿は思わず息を呑むほどだった。

　けれど、十日前に再会して以来、挨拶回りなどで何かと忙しくしていた彼と今日まで一度も会えずにいたからか、自分のよく知るラファエルとは違う姿に、アンジュは改めて驚いてしまったのだ。

　おかげで彼の隣に立っても、誓いの言葉を述べて指輪を交換しても、上の空になってしまい、その後の披露宴では多くの人から話しかけられた気がするのに、どんな食事が出されたのかさえ覚えていない。ラファエルとの結婚式は楽しみなことの一つだったはずなのに、いつの間にか式が終わってしまった。

　だって彼があんなに変わってしまうだなんて思いもしなかったのだ。

　そのくせ、たれ目がちで人懐こい笑みや、笑うと出るえくぼなど面影はちゃんと残っている。まだ慣れていないだけだとわかってはいるが、彼を前にすると恥ずかしくていたたまれない気持ちになるのは十日前と同じだった。

「どうしよう……」

　オイルランプが灯っただけの薄暗い部屋で、アンジュは大きなベッドに一人ぽつんと座って途方に暮れていた。

――私、これからどうやってラファエルと過ごせばいいの……？

アンジュは不安を感じながら、薄暗い部屋をぐるっと見回す。

ここは夫婦の寝室として与えられたアーチボルド邸の一室で、大きなベッドがある他は、ソファとテーブルと椅子があるだけだ。

今の自分がどんな状況に置かれているかは説明するまでもない。

ラファエルとの初夜のために全身を清め終え、彼が来るのを薄いネグリジェを着て待つ姿は新妻そのものだ。全身にオイルのようなものを塗られ、甘くかぐわしい匂いまで漂わせ、準備だけは万端《ばんたん》にされて寝室に放り込まれてからずいぶん時が流れた気がするが、実際は数分程度しか経っていないのかもしれなかった。

――コン、コン。

「……ッ！」

不意に聞こえたノックの音にアンジュはびくっと肩を揺らす。

ごくりと唾を飲み込み息をひそめていると、ゆっくりと扉が開き、ガウン姿のラファエルが部屋に入ってきた。

今からすることを否応なしに想像させるその姿に、アンジュは逃げ出したい気持ちでいっぱいになった。

「アンジュのほうが早かったんだ。待たせてごめんね」

ラファエルはアンジュの隣に腰掛け、耳元に顔を近づけて囁く。

甘い低音が脳天を突き抜け、顔から火が出るようだったが、それを悟られぬよう、アンジュは平静を装って首を横に振った。

「ううん！　ちっとも待ってないわッ!!」

しかし、そんな装いを裏切り、口から出たのは自分でも驚くほど大きな声。

アンジュは慌てて口を手で押さえたが、手のひらにびっしょりと汗を掻いていることに気づいてギョッとした。

「アンジュ、もしかして緊張してる？」

「……っ」

ラファエルも異変に気づいたようで顔を覗き込まれたが、その近さに肩がびくつき固まってしまう。

自分でもこんなに緊張しているなんて思わなかった。

だけど、初めてなのに平然としていられるわけがない。

そう思いながらもアンジュは何一つ言葉にできず、間近に迫るラファエルの顔をおどおどと見上げた。

「アンジュ？」

ラファエルはどうしてこんなに普通なのだろう。

あれこれ考えてソワソワしているアンジュとは違い、部屋に入ってきたときから彼は平然としていた。

「ねぇアンジュ、大丈夫？」

「……ッ」

不思議に思っていると、さらに顔が近づいてきたのでまた肩がびくついてしまう。

くすっと笑う声がしたのを耳にして、いちいち反応してしまうことを笑われたのだと恥ずかしくなり、アンジュは少し距離を取りたくて腰を浮かせようとする。

だが、わずかに動いた途端、口を押さえていた手を引き寄せられ、それ以上腰が引けなくなった。

「すごい汗だね……」

「これは、その…っ」

手のひらが湿っていることに気づかれて、アンジュは一人で慌てた。

ラファエルはそれを気にすることなく握った手を緩め、アンジュの手のひらを自身の親指の腹でなぞって、その湿り具合を確かめている。

「こんなに緊張してたんだ」

驚いた様子で彼は呟き、はぁ…とアンジュの手のひらに息を吹きかけた。

「な、なに…っ？」

二度、三度と同じように息を吹きかけられ、意図が摑めずに内心びくびくしていると、今度は自身の頬にアンジュの手のひらを押し当てる。

これでは彼の顔に汗がついてしまう。

アンジュは羞恥《しゅうち》を覚え、首を横に振って手を引き戻そうとしたがびくともしない。強く握られているようには思えないのに、ラファエルの手から逃れられなかった。

「ラファエル、お願い。放して……っ」

「少しは温かくなった？」

「え？」

「アンジュの手、すごく冷たいんだ」

「……？」

何のことかわからず、アンジュは固まるばかりだ。

けれど、ラファエルの心配そうな顔と、その頬に押し当てられている自分の手を交互に見て、次第に意味を理解していく。

何のことはない。ラファエルはアンジュの手が冷たいのを気にして、温めようとしていたのだ。

「あの…、もう充分温まったわ。ありがとう」

「そう？　ならよかった」

素直に礼を言うと、彼は頬に押しつけた手をそのままに、にっこりと笑った。

アンジュは無意識にその表情にほっとする。

たれ目がちの彼が見せる人懐こい笑顔は、アンジュがよく知る昔のラファエルに一番近かったからだ。

なのに戸惑いも緊張も膨れ上がっていくのはなぜだろう。

あんなにふっくらして可愛かった頬や身体はすっかり引き締まり、同じくらいの年の子より小さかった背も、ロイを追い越すまでになってしまった。

他の水夫たちと同じことを二年も続けていたのだから鍛えられて当然だし、将来のためにと頑張ってきた証だ。

成長期なのだからこれくらい背が伸びても不思議じゃない。

わかっている。彼はもう十八歳なのだ。いつまでも子供のままでいるはずがない。

「アンジュ、キスをしてもいい？」

「……んっ」

返事を待たずに顔が近づき、唇が重なった。

腰を引き寄せられると彼の腕の中に閉じ込められ、角度を変えて何度も口づけられる。

「……っ、ん…っ」

そのうちに少しずつ唇が開いていき、彼の舌先に自分の舌先を突かれてびくついたが、ゆっくり優しく舌の上面を擦られるとすぐに頭の芯《しん》が蕩けそうになった。

ねだるように甘く刺激する彼の舌の動きに徐々に引きずられていく。

アンジュも少しだけ舌を差しだすと、互いの舌が深く絡み合った。

なんて恥ずかしくて淫《みだ》らな行為だろう。

激しく鳴る心臓の音が彼に聞こえてしまいそうだ。

それに比べてラファエルのほうは乱れた様子がない。

こんなにすごいことをしているのに涼しげな顔をしていて、アンジュばかりが翻弄されているようだった。

『ラファエルは各地でずいぶん羽目を外しているらしい』

「――ッ！」

唐突にいつかのレヴィの言葉が頭を過《よぎ》り、アンジュはびくっと肩を揺らしてラファエルからサッと離れた。

「……アンジュ？」

どうしてあんな言葉を今になって思いだすのだ。

あれは動揺させるための嘘だと自分に言い聞かせるが、『海の男が奔放』『港々に愛人がいる』という言葉までが頭に浮かんできて、アンジュは腰を抱く腕や密着する身体に意識を向け、それがやけに手慣れているように思えて動揺してしまう。

今のキスだってラファエルの舌はとても積極的で滑《なめ》らかだったなどと、嫌な勘ぐりまでしてしまいそうだった。

――ラファエルは本当に初めてなの？

そういえば、彼を迎えに港へ行ったときに見た、あの若い女性は誰だったのだろう。

そんなことまで思いだしてしまい、アンジュは次第に混乱して息が震えだす。

「アンジュ、どうかしたの？　いきなり舌を入れたの、嫌だった？」

「……え？」

問いかけられ、アンジュは自分の唇に指で触れた。

ラファエルの舌は別に嫌ではなかった。

だけど、どうしようもなく胸の奥がムカムカする。

他の人にも同じことをしていたとしたらと思うと、ものすごく腹立たしかった。

「ちょっと…、考えごとをしていたの。港にいた女の人を思いだしてしまって」

「うん…？」

「あの人は誰？　ラファエルの何？　今みたいなキスを他の人にもした？」

「は？」

溜め込んでおけず、アンジュの口からは単刀直入な疑問がそのまま出てしまう。

ラファエルは最初、びっくりした様子で目を見開くだけだった。

けれどすぐに「あぁ」と言って頷くと、アンジュの肩にぐりぐりと額を押しつけ、ちらっと見上げながら楽しげに問いかけてきた。

「それは何？　もしかして、嫉妬《しっと》とかそういうことかな？」

「えっ!?　そ、そういう話をしているわけじゃ……」

「じゃあ、どうして突然そんなことに疑問を持ったの？　十日前は気にしてなかったのに」

「それはその、単に忘れていただけで…。ほら、唐突に思いだすことってあるでしょ？」

「あぁ、うん。あるよね。そういうこと」

「そうそう」

自分でも疑問を持った理由がわからず、目を泳がせながらコクコクと頷く。

レヴィから話を聞かされたときは、ラファエルが浮気をするなどありえないと聞く耳を持たなかったくせに、今になって気にするなんてどうかしている。

今の彼ならありえるとでも思ったのだろうか？

広い肩や厚い胸板、投げだした足のくるぶしに視線を彷徨《さまよ》わせて悶々としていると、彼はアンジュの手を摑んでその手のひらに唇を寄せた。

「……疑われるようなことなんて、なんにもないんだけどな」

「ん…ッ」

不意に手首から指先まで生暖かい感触が走って、アンジュは抑え気味に声を上げる。

ラファエルがアンジュの手のひらをいきなり舐《な》めてきたのだ。

彼の赤い舌と眼差しが淫らに光り、形のいい唇が意地悪に歪められる。それを目で追いかけていると、指先を軽く吸われて背筋がぞくっと震えた。

「緊張してると思ってなるべく強引にならないようにしてたんだけど、もしかしてアンジュは結構余裕があるのかな？」

「余裕なんてあるわけ…」

「だったら余計なことを考えてないで、二人のことにもっと集中してくれないと」

「ぁ…っ!?」

耳元で吐息混じりに囁かれて肩を揺らす。

すると、その一瞬で腰を引き寄せられ、もう片方の手で手首を摑まれたまま、アンジュはベッドに押し倒されてしまう。

のしかかる彼と目が合い、アンジュは喉を鳴らした。

一見静かに微笑んでいるようで、その眼差しは淫らに濡れていて、握られた手首に伝わる熱がぐんぐん上昇していく。

「あ、あの…っ、私…、本当はすごく緊張してるの……っ」

「……うん」

「手も、汗が止まらなくて」

「みたいだね」

「ひゃあっ」

ラファエルは頷き、またアンジュの手のひらをべろっと舐めた。

思わず変な声を上げてしまい、カーッと顔が熱くなる。

そんな動揺を愉《たの》しむように、彼はアンジュの手のひらを舐め続けていたが、やがてその手を自分の胸まで持っていくと、ガウンの中へと滑り込ませて直接肌に触れさせた。

「な、なに…っ」

「音、感じない?」

「え？　――あ」

言われて手のひらに意識を向け、ハッとして顔を上げる。

どくんどくんと、彼の心臓が早鐘を打つのが手に伝わってきたのだ。

――ラファエルも緊張してるの？

触れた肌もとても熱い。

改めてその顔を見ると、彼は小さく頷いて言い聞かせるように囁いた。

「ねぇアンジュ、俺を信じてよ。俺だけを見て、俺のことだけ考えてくれればいいんだ。触れ合っているうちに緊張なんて消えてしまうよ。そうしたら、お互いのことがもっと大好きになるよ」

「ラファエル……」

甘い囁きに、胸の奥がきゅっと切なくなる。

彼に触れられるのも見つめられるのもやっぱり恥ずかしいけれど、自分だけが緊張しているわけじゃないとわかって、それだけで距離がずっと近くなった気がした。

何よりも、まっすぐな瞳にはアンジュ以外映っていない。手のひらに感じる心臓の音と同じだけの想いが流れてくるようだった。

「……ごめんなさい。私、ちゃんと、あなたのことだけ考える」

ここまできたら、もう腹を括《くく》るしかない。

アンジュはやや逡巡しながらも覚悟を決め、目の前の大きな身体におずおずと腕を回した。

「あぁ、なんて可愛いんだ…っ」

ラファエルは満面に笑みを浮かべてアンジュを抱きしめると、感極まった様子で唇を重ね、わずかに開いた唇の隙間に己の舌を潜り込ませてきた。

「んん…っ」

一瞬びくつきはしたが逃げるのはだめだと思い、先ほどのキスを思いだしてそろそろと舌を突き出してみる。すると、彼はその舌をすぐさま捉え、軽く引っ張ってから味わうように甘噛《あまが》みをしてきた。

「…っは、ふぁ」

しかし、アンジュは喘《あえ》ぐばかりでうまく息をするコツがなかなか摑めない。

流れ込む唾液を必死で喉の奥へと流し込み、時折できる唇の隙間を見つけては息継ぎをするのが精一杯だった。

そのうえ、彼は腰を抱いていた手でいつの間にか首の後ろを撫でていて、反対の手はネグリジェの裾を引き上げようとしている。徐々に捲られ、お腹の辺りまで空気に晒されると直接彼の手が肌に当たって、そのたびにビクビクと反応してしまった。

「ん、んぅ…っ」

「アンジュ、脱がせるよ」

「はぁっ、はぁ、あ…、ん」

ひとしきり重ねた唇を離し、ラファエルはアンジュの背中を支えて抱き上げる。

喘ぎながら小さく頷き、アンジュは彼がやりやすいようにお尻を上げたり腕を上げたりして協力した。

ネグリジェと一緒にその下に着ていたシュミーズも脱がされると、見る間に肌があらわになって、残るはドロワーズだけになったけれど、これについては脱ぐことに積極的には協力できない。自分でもまともに見たことのない場所を晒すのにはやはり躊躇《ためら》いがあったからだ。

ラファエルはその気持ちに気づいてか、強引に脱がすようなことはせず、ウエスト部分の紐《ひも》をスルスルと解《ほど》いてからアンジュをベッドに横たわらせた。

啄《ついば》むようなキスを繰り返して気を散漫《さんまん》にさせ、その間にゆっくりとドロワーズを引き下げていく。太ももから膝へと布が動き、足首をすり抜けたが、腰を抱く腕は優しく性急な動きではなかったので、脱がされたという意識がほとんどないままアンジュは裸になっていた。

「アンジュの身体、すごく綺麗だ……っ！」

ラファエルは脱がしたばかりのドロワーズを握りしめ、感嘆の声を上げた。

そんなふうに褒められるとは思わなかったので、アンジュは内心嬉しく感じながらも、どう反応していいのかわからず恥じらうままに目を逸らす。

「肌も滑らかで、しっとりしていて柔らかいんだね」

「んっ」

最初は見ているだけだったのに、彼は腰のくびれに触れたのを皮切りに感触を確かめるようにあちこち軽くつまんだり撫でたりしてくる。

アンジュの全身を上から下まで食い入るように見つめ、徐々にその指先は大胆になり、乳房を隠していたアンジュの手を掴み取った。

「隠しちゃだめだよ。全部見せて」

「あ…っ」

揺れる乳房を前にラファエルは目を見開き、これでもかというほど凝視してくる。

あまりの恥ずかしさに身を捩《よじ》り、動いた拍子にまた乳房が揺れると、ごくんと喉を鳴らしたラファエルに、その動きを目で追いかけられた。

「……おいしそう」

「えっ⁉」

やがて彼はぼそっと呟く。

聞き違いかと耳を疑ったが、彼はハッとした様子でふるふると首を横に振り、「なんでもない」と言いながら胸の頂に顔を近づけ、大きな口を開けてぱくりと頬張《ほおば》った。

「あぁっ！」

ラファエルはモグモグと食べるような動きをしながら乳首を甘噛みしている。

絶対おいしそうって言った。

夢中で人の乳房にしゃぶりつく姿にアンジュはそう確信していたが、実際に食べようとしているわけではないのは理解している。ぴちゃぴちゃと聞こえる卑猥な音や舌の感触に、これは愛撫なのだと言い聞かせてなんとか恥ずかしさに堪えていた。

「あっ、…っ、ラファエル……ッ」

「いい匂い」

「ふぁ、ん」

「アンジュの身体は、どこもかしこも、すごくいい匂いだ」

彼は乳首に口づけながら、目を潤ませてそんなことを言いだした。

いきなり何の話だと思ったが、アンジュはすぐにその訳を思いだす。

「……身体を清めたあとに、香りのするオイルを塗ったからだわ」

「オイル？」

だが、アンジュの説明にラファエルは訝しげに眉を寄せる。

柔らかな胸の膨らみを両手で包み込むと円を描くように揉みしだき、首筋や肩、二の腕に顔を寄せてアンジュの匂いを執拗《しつよう》に嗅《か》ぎ始めた。

「何してるの…っ」

いくらいい匂いだと言っても、こんなふうに嗅がれるのはさすがに嫌だ。

びっくりしたアンジュは逃げようとしたが、その前にラファエルの中で結論が出たようで、顔を上げて軽く首を横に振った。

「違う。これじゃない」

「え…？　違う、の？」

「うん。俺が言ってるのはアンジュ自身の匂いだよ」

「体臭のこと？」

「そうそれ」

アンジュは驚き、自身の腕に鼻を寄せて匂いを嗅いでみた。

しかし、本人にはわからないものなのか、全身に塗ったオイルの匂いしか感じない。

首を傾げると、ラファエルは再び柔らかな双丘を大きな手で包み、目を潤ませて囁く。

「わからなくていいよ。俺だけが知っていればいいんだ」

「んん…っ」

彼は赤い舌を伸ばし、アンジュの膨らみを味わうように舐める。

突き出した舌先を乳房の膨らみから下に向かって滑らせ、その間もそれぞれの乳首を親指の腹で柔らかく転がしてくる。

「は、…あぁっ」

ぞくっとする感覚が身体の奥底で芽生えた気がして、アンジュは切ない吐息を漏らす。

ラファエルは手の動きをそのままに、息を吸うたびに形が浮き出る肋骨の凹凸に吸いつき、舐め回し、甘噛みをして熱い息を吹きかける。

そのすべてにいちいち反応してしまうアンジュをさらに追い詰めるように、彼は脇下《わきした》や腰のくびれ、おへその窪《くぼ》みなどあらゆる場所へと唇を寄せ、甘く疼《うず》くような愛撫を繰り返す。そのうちにラファエルの右手はアンジュの太ももを弄り、指の腹と甲を使って撫でさすりながら内側へと向かっていった。

何も知らない子供ではないのだから、どこを目的にして彼が動いているかはわかっている。それでも脚の付け根を太い指が掠めると羞恥と不安が募《つの》り、アンジュは泣きそうになってしまった。

「や…っ、お願い。そんな場所を触らないで…っ」

だが、その反応にラファエルはなぜか目を輝かせる。

彼はアンジュのお腹に頬を寄せてこちらを窺っていたが、抵抗を見せるとわずかに頬を上気させせながら指を滑らせ、アンジュの秘所をトンと軽く突いてきたのだ。

「あぁッ！」

「そんな場所ってココ？　触らなきゃ先に進めないんだよ？」

ラファエルは少しも悪びれることなくそんなことを言う。

しかも彼は過敏に反応するアンジュを横目に中心の縦筋に沿って上下に擦ってみたり、周辺のなだらかな膨らみを揉んでみたりと思うままに指を動かして、やめる気などまったくなさそうだ。

「ねぇアンジュ、自分でこんなふうに触ったことはある？」

「そんなのっ、あるわけないでしょ…っ！」

「そうなんだ…。じゃあ、今度触ってみようよ。そのときは俺にも見せてね」

「な、なん…っ!?」

アンジュは顔を真っ赤にして口をパクパクさせる。

このままでは喘いでいるうちにとんでもない要求をされかねないと危惧し、彼の動きから逃れるために身体の向きを変えた。

「あっ!?」

しかし、ぐっと腰を引き寄せられて動きを封じられると、呆気なく元の体勢に戻されてしまう。

おまけに引き戻す際に脚の間に身体を挟み込まれ、中心の少し上にある敏感な突起を彼の親指の腹で擦られてしまった。

「ひぁあッ!」

「すごい反応…。アンジュはココを擦られるのが好きなんだね」

「ひっ、あぅっ」

「……この指、もうナカに入れてもいい？　それとも、ココを擦りながら別の指を入れる?」

「あっあっ、そんなのだめっ、どっちもだめ…っ」

「可愛い声。ねだられてるみたい」

「〜…ッ」

ラファエルはアンジュのお腹に頬を寄せた恰好で、さまざまな場所に触れて反応を愉しんでいる。

そのうえ一方的に事を進めて、ちっともアンジュの話を聞こうとしない。

身を起こしてまじまじと中心を見つめると、彼は秘芯を擦りながら中指を狭い入り口へとズブズブと沈めてしまった。

「あぁぁ…っ！」

アンジュは生まれて初めての異物感に身を固くし、腰を抱くラファエルの腕を無意識に摑む。

すると彼は指を出し入れしながらさらに奥へと進め、アンジュにのしかかると、喘ぐ唇を自身の唇で塞《ふさ》いだ。

「んむっ、ん、んん…ッ」

「アンジュ、上手だよ。少しずつ濡れてきてる」

舌がきつく絡め取られ、苦しくてもがくと、彼は見計らったように力を緩める。

だが、キスの合間に甘く囁きながらも、ラファエルは中を行き来する指の動きは止めず、そのまま二本に増やしてしまった。

「っは…ぁッ、いた、い…っ」

指一本だって慣れていないのにと、アンジュはぽろぽろ涙を零して彼のガウンを皺《しわ》になるほど握りしめた。

「あぁ、泣かないで。ほら、動かすたびに滑らかになってるよ」

「でも…ッ、もうナカがいっぱいで広がらないわ」

「うん、そうだね。だけど、もっといっぱい濡れればちゃんと入るんだ」

「私、もっと濡れる…？」

たくさん濡れるには気持ちよくならなければならないはずだ。

そのくらいの知識はあるが、指を入れただけでこんな情けない状態なのに、これ以上快感を追えるのだろうか。

「大丈夫。俺に任せて。こんなこともあろうかと、いいものを用意してきたんだ」

疑問を拭えずにいたが、ラファエルはなぜか自信ありげににっこりと微笑む。

ガウンのポケットから何やら怪しげな小瓶《こびん》を取り出すと、彼はアンジュの中心から指を引き抜き、手慣れた動作でその上蓋をカポッと外してみせた。

「……それは？」

「うん？」

こんなときに爽やかな笑顔を見せるのはなぜなの？

何かよからぬことを考えているのではと、妙な勘が働いたアンジュは咄嗟に腰を引いてクルリと背を向け、四つん這いになって急いで距離を取ろうとした。

「逃げちゃだめ」

「あっ⁉」

だが、すかさず腰を抱かれて背後からのしかかられ、見る間に動きを封じられてしまう。

そのうえ剝《む》きだしになった秘部全体を、濡れた手のひらでグシュグシュといやらしい音を立てながら撫で回されたあと、再び指を中へ入れられてしまった。

「やぁー……ッ！」

アンジュは強く目を瞑《つむ》って、悲鳴に似た声を上げた。

そんな大げさな声を出してしまったのは、痛みとも苦しみともつかない感覚にまた襲われると思ったからだ。

「……、……ッ？」

ところが、今回はそのどちらもほとんど感じない。

膣内を掻き回されても淫らな音が立つだけで、引き攣れた感じもなかった。

「痛くない？」

「どう、して？　コレ、さっきの小瓶の……？」

「そうだよ。アンジュを気持ちよくする魔法の液体が入ってたんだ」

「何それ…っ」

魔法の液体なんて、こんなときに聞いたって怪しいと思うだけだ。

それなのに、顔を引きつらせながらもアンジュの口からは甘い喘ぎ声が出てしまう。

その液体が何なのかはわからないが、先ほどとは明らかに何かが違う。ヌルヌルしたその指で中を擦られると、お腹の奥が切なくなってきて、抜き差しされるごとに締めつけてしまうのだ。

「はぁっ、あぁ…ッ」

「ごめんね。できれば使いたくなかったんだよ？　本当は俺がたくさん舐めてトロトロにしてあげようと思ってたんだ。だけど、さっきのアンジュ、そんなことしたら泣きだして続きをさせてもらえなくなりそうだったから……」

「舐め…ッ!?」

「だって指だけじゃ、俺のを受け入れられる頃には朝になっちゃうよ」

「そ…、かもしれないけど…っ」

「それとも、やっぱり舐めたほうがよかった？　こんなものを使うなんて邪道かな。……そうだよね。俺も実はそう思ってた。あ、今から舐めようか？　アンジュのココ、トロトロになるまで舐めようか？」

「いっ、いいッ、もういいから…っ!!　も、このまま続けて……ッ!」

「そう？　じゃあ、舐めるのは今度させてね」

「……ッ」

ラファエルがこんなに変なことばかり言うなんて……。

もう言い返す気力がなくなり、アンジュはベッドに顔を埋めた。

二年前の彼とはこういった行為に及ぶこともなかったので、比較しようもないと言えばそうなのだが、見た目の変化からして戸惑いが大きかったのに、過去にはなかった強引さにも振り回されてしまってとても太刀打ちができない。

そもそも、ラファエルが淫らな表情を浮かべたり、いやらしいことを言ったりするだなんて想像したこともなかったし、彼に触れられるのが恥ずかしいと思うときが来るだなんて考えもしなかった。

それだけじゃない。興奮するとラファエルの身体がこんなに熱くなるなんて、アンジュはまったく知らなかった。

「あっ、ふあっ、あぁう…ッ」

「アンジュ、さっきと違うのわかる？　指が三本も入ってるんだよ」

「あぁっ、ああっ」

中でバラバラに動く指の刺激と背中を覆う彼の体温に、アンジュは身を震わせた。

耳元に当たるラファエルの息は熱く、身体の熱もどんどん上昇していく。アンジュを追い詰めて激しく興奮しているのが伝わり、その熱に引きずられるようだった。

「ねぇ、どこが気持ちいい？　奥のほう？　それとも入り口のほう？」

ラファエルは擦る場所をくるくる変えて、アンジュの反応を探っている。

そうするうちに一際敏感に反応してしまう場所を指が掠め、アンジュはその刺激に喉をひくつかせて堪らず声を上げた。

「ひ、あぁ、やぁぁッ！」

「アンジュはココが一番感じるんだね」

「わ、わからな…っ」

「ほら、すごい締めつけ。擦るとナカが動くんだよ」

「あっ、あっあっ」

同じところばかりを擦られて目の前がチカチカする。

どこが気持ちいいのか、どんなふうにされているのかも実際はよくわからない。

迫りくる何かに悶え、アンジュはひたすら喘いでいただけだ。

しかし、極限近くまで追い詰められたそのとき、ラファエルは中で遊ばせていた指をなぜか唐突に引き抜いてしまった。

「あぁうっ、はっ、あっ、……んッ、……？」

突然の喪失感に、失速する快感。

何が起こったのかすぐには理解できず、アンジュは息を震わせながら彼を振り返った。

オイルランプのおぼろげな灯りに、彫刻のような裸体が浮き上がる。

ラファエルはガウンを脱いでいた。

その下には何も着ておらず、思わず息をひそめて彼の動きを目で追いかける。

筋肉や浮き上がった鎖骨の陰影《いんえい》、アンジュの視線に気づいて浮かべた微笑までもが淫らな色気を放って目を離すことができない。

「途中で止めてごめん。だけど、初めては俺で達《たっ》してほしいんだ」

「……？」

ラファエルは先ほどの小瓶を手に持ち、中の液体を手のひらに零している。手から溢れ、ベッドに零れ落ちる淫らな雫《しずく》を見て、アンジュはそれでまた身体を濡らされるのかと思っていた。

ところが次の瞬間、彼は高ぶった自身の怒張に触れると、何度か上下に扱《しご》いてから、再びアンジュにのしかかってきたのだった。

「アンジュ、こっちを向いて」

「ん…っ！」

ぬめった手で肩を摑まれてビクつくが、構わず身体を反転させられる。

濡れた眼差しに見下ろされてドキッとしていると、左右に脚を開かされ、その間に彼の逞しい身体が強引に割り込んできた。

「もう、挿れるよ。いいよね……？」

吐息混じりの囁きに肌がざわめき、唇を震わせた。

ラファエルは返事を待たずに自身の高ぶりに手を添え、アンジュの中心にその熱を押し当てる。ぐちゅ…、といやらしい水音が響いて息を詰めていると、その熱は何度か上下に秘部を擦ってからぐっと進んできて、やがて狭い入り口を徐々に押し広げていった。

「あ、あッ、あぁ…ッ」

指とは比べようもない熱い塊《かたまり》。

それは小さな頃、着替えを手伝う際に何度か見たことのあった、あの可愛らしい姿からは想像できない大きさで、まさかアレがこんなに成長するものだったなんてと、アンジュは今さらすぎる衝撃を受けていた。

そして、それと同時に彼が謎の液体を使ったわけもなんとなく理解する。多少濡れた程度でこんなものを受け入れれば、苦痛しかなかっただろう。

「痛みはない？」

「ん、少し、だけ…っ」

アンジュはコクコクと何度も頷く。

圧迫感はすごいが、苦痛というほどのものではない。

それどころか、濡れそぼった互いの性器が擦れ合うだけで身体が熱くなっていく。

ラファエルは自身の高ぶりを一気に挿入はせず、少し奥へ進んではその半分ほど腰を引くといった動作を繰り返している。極力アンジュに痛みを与えぬように、時間をかけることで身体に馴染むようにと、細心の注意を払っているのが伝わってきた。

「アンジュ…ッ。全部は挿れないから、あと少しだけ奥へ行ってもいい？」

ラファエルは苦しげに眉を寄せ、情欲に濡れた眼差しを向けていた。

赤く染まった目尻を見て鼓動が速まり、アンジュは彼のこめかみから流れる汗を目で追いかけながら小さく頷く。あと少しがどれほどのものなのかはわからないが、ここまできたらもう彼の好きにしてくれたらいいと思った。

「あぁあー…ッ！」

途端に腰を引き寄せられ、一気に繋がりが深くなる。

声を上げて必死にしがみつくと、強く抱きしめられて顔中にキスが降ってきた。

乱れる息が頬にかかり、ぴくんと瞼を震わせると同時に唇が重なる。舌を差しだして互いの舌を押し返し、吸いついたりしながらきつく絡め合った。

苦しいのに止められない。アンジュは次第に夢中になって、息をするのも忘れてラファエルの舌を甘噛みし、流れ込む唾液を喉の奥へと流し込んだ。

「あぁっ！」

「アンジュ…ッ！」

いつしか抽送が始まり、切なげに名を呼ぶ彼の声が頭の芯に響く。

忙しなく息を弾ませて上下する喉仏。

厚い胸板と硬い筋肉。抱きしめる力強い腕に熱の孕《はら》んだ眼差し。

彼のすべてがアンジュを釘づけにしていた。

今まで抱いたことのない感情に押し流され、身体が熱く切なくなっていく。もっとたくさん彼に名を呼んでほしくて、その唇に手を伸ばした。

「あ、ん…っ、ラファエル…っ」

ラファエルは息を荒らげながら、アンジュの指を甘噛みする。

小さく喘ぐと、彼は噛んだ場所に舌を這わせ、指の一本一本を口に含ませてから手のひら全体を舐め回す。そのままアンジュの手首に唇を押しつけ、突き出した舌を今度は肘に向かって滑らせ、上気した頬を柔らかな肌に寄せて熱に浮かされた眼差しを向けた。

まるで全身を愛でられているようだ。

繰り返される愛撫はアンジュの身体をさらに溶かし、知らず知らずのうちに中心を行き交う彼の動きに合わせて強く締めつけていた。

「あぁッ、ひぁあ…っ」

徐々に激しい抽送へと切り替えられ、アンジュはますます追い詰められていく。

それでもラファエルは決して乱暴に動いているわけではない。触れる指先や、ぶつかる肌、眼差し、彼のすべてでアンジュを甘く包んでいた。

「ラファエル、ラファエル…っ」

「アンジュ、もうイキそう?」

「わからな…、——やあッ! ソコ、そんなに擦らないで……ッ」

「ココ? ココを擦ればいい?」

「ちが…っ、あ、あ、あぁぁ…ッ!」

内壁を擦られているうちに、一際刺激を感じる場所に当たってアンジュは身悶える。

指で擦られているより快感が募り、迫りくる波に今にも攫われてしまいそうだった。

唇が重なって望まれるままに舌を差しだすと、甘く絡めながらきつく抱きしめられ、アンジュも必死にしがみつく。

もう自分がどうなっているのかわからない。

彼の額に浮かぶ汗の粒が頬に流れるのを目で追いかけ、アンジュはつま先をくっと丸め、お腹の奥を切なく震わせながら一気に昇りつめていった。

「んっ、んぅ…ッ！　はぁっ、あぁ、あぁあッ、……ッ、あぁ――…ッ!!」

肌がぶつかる音と淫らな水音に紛れ、掠れた嬌声が部屋に響き渡った。

全身を小刻みに揺さぶられながらアンジュは内股をぶるぶると震わせ、初めての絶頂に攫われる。その間も内壁を刺激し続ける熱にさらなる高みへと押し上げられ、喉をひくつかせながら無意識に彼の背中に爪を立てた。

「――ッ」

ビクッと肩を震わせたラファエルはその刺激に煽られ、一層激しくアンジュの身体を揺さぶった。

顔中にキスが降り、唇を塞がれ、余すところなく口腔を舐め尽くされる。

ラファエルは息ができずにもがくアンジュを掻き抱き、内壁を淫らに掻き回した。

やがて訪れた断続的な絶頂の締めつけに、彼はぶるっと肌をざわめかせながら、弱々しく逃げようとする腰を強引に引き寄せ、アンジュの小さな顎を甘噛みして最奥を突き上げる。

そのまま彼は低い呻《うめ》きを上げると、強烈な快感に逆らうことなく腰を震わせ、欲望を吐き出し、ようやく最後の瞬間を迎えたのだった。

「……は…、はあッ、はあっ、あ…っ、ん」

弾んだ息が互いの肌にかかり、それだけのことで喘いでしまう。

アンジュはのしかかったまま動かない彼の身体を抱きしめ、肩で息をしながら呆然と天井を見上げた。

夫婦になるのが、こんなにも大変だったなんて思わなかった……。

途轍《とてつ》もなくすごいことを成し遂げた気分だ。

皆、こんな夜を過ごしているのだろうか。

そうやって心も通じ合っていくのだろうか。

「……アンジュ、どこか痛くしてない？」

ぼんやりしていると、わずかに身を起こしたラファエルに顔を覗き込まれた。

「ん…、平気よ」

「よかった」

彼は相好を崩し、触れるだけのキスをして間近でじっと見つめてくる。

あれだけのことをしたのに顔が近づくだけで恥ずかしくなり、アンジュは自分の顔が熱くなるのを感じた。

「あ、あの…。そろそろ身体を……」

「あぁ、うん。そうだね」

アンジュの言葉で、ラファエルは繋げていた身体をようやく離す。

内側から出ていく感覚に変な声を上げそうになるのをなんとか我慢して、アンジュは隣に横たわった彼を見てほっと息をつく。

しかし、一段落すると今度は身体中がベトベトしているのが気になってきた。

特に繋がっていた場所なんて目も当てられない。さすがにこのまま眠ることはできないと身を起こし、アンジュは拭くものを探そうとベッドから下りようとした。

「ひっ、ひぁあ…っ！」

「…ッ!? アンジュッ!?」

だが、ベッドを下りる寸前で小さな悲鳴を上げ、ぺたんと座り込んでしまう。

一瞬何が起こったのか自分でもわからず混乱したが、その原因はすぐに判明した。逆流したさまざまな液体が中心から零れ落ちる感覚に驚き、悲鳴を上げてしまったのだ。

「どうしたの？」

「なん…、なんでも……」

正直に言えるはずもなく、アンジュは必死で平静を装う。

なのに、少し腰を上げるとまた逆流したものが太ももを濡らし、その場から動くこともままならない。

「ああ、そういうことか」

ラファエルはアンジュの下腹部をじっと見つめて納得した様子で呟いた。

どうやら、モジモジしているうちに状況が伝わってしまったようだ。

あまりの羞恥で熱くなった顔を隠すように俯《うつむ》くと、ラファエルはアンジュの身体をいきなり抱きしめてきた。

「ラファ、エル？」

「なんか…、ちょっと感動した」

「え？」

「アンジュの中に俺のが……」

「……っ！」

　この状況を理解して、出てきたのがその言葉か。

　肩に顔を埋めて感動に酔いしれるラファエルに、アンジュは若干引き気味になる。

　だが背中を撫で、徐々にお尻のほうへ移動する彼の怪しい手つきに危険を察知し、すぐにそれどころではなくなった。

「なにしてるの？」

「ナカ、掻き出してあげようと思って」

「なっ、何言ってるの…ッ!?　そんなの自分でするわ！」

「ええっ、だめだよ！　これは男の役目なんだから俺に任せてくれないと！」

「あっ、ちょっと…ッ。待って、うそッ、ラファエル、ラファエルったら……ッ！」

「今さら何を嫌がるの？　さっきも触ったでしょ」

「やぁ…ッ！」

　もがくアンジュを宥《なだ》めつつ、彼は逃げようとする腰をがっしりと抱き、空いた手でお尻を撫でてから濡れた中心に指を差し込んでしまった。

「そんな…っ」

一気に奥のほうまで指を入れられ、アンジュはガクガクと内股を震わせる。

すぐに動きだした指を無意識に締めつけ、そのうちに中から掻き出されたものが彼の手を伝ってシーツを濡らしていく。その動きが何度も繰り返されると、ぐちゅぐちゅと淫らな音が立ち、それがどんどん大きくなっていった。

「あっあっ、いやっ、ちがうの…っ」

再び奥のほうで熱が燻り始め、アンジュは愕然とした。

必死で気を逸らそうとしているのに、なぜだかうまくいかない。耳たぶを甘噛みされると肌がざわめき、次第に感じるように擦られている気になって、声が出てしまうのを堪えられなくなった。

「はぁっ、あぁ…っ」

「アンジュ、……ごめん。本当に悪いと思ってる」

この状態で謝罪をされる意味がわからない。

振り向くと、淫らに濡れた眼差しと目が合い、噛みつくように口づけられる。

「んうう…っ!?」

同時に熱の塊が背中に当たって彼が興奮していることに気づいたが、そのときにはアンジュはベッドに押し倒されていた。

「あとでっ、あとで絶対に綺麗にするから…っ！」

「んっ、や…っ、ラファエル待っ…――」

彼の怒張が再び中心に押し当てられ、思わず息を詰める。

静まる気配のないソレは徐々にアンジュの入り口を押し広げ、途中でぐっと腰に力が入って一気に奥まで貫かれた。

「あぁあ――…ッ！」

なんてことだろう。何が起こっているのだろう。

この身に起こっていることが信じられない。

抵抗の声を上げながら、貫かれれば易々と受け入れる自分の身体が信じられない。

「アンジュ、こんなの無理だよっ、一度きりじゃとても足りない…ッ！」

「ああ…ッ、あっ、あぁあ…ッ！」

切羽詰まった様子ですぐさま激しい律動《りつどう》が始まった。

困惑しながらもアンジュはその熱に呆気なく流されてしまう。

徐々に痺《しび》れるような感覚が身体中に湧き起こり、甘い声と熱い息づかい、律動の衣擦れの音が夜の闇に延々と響き渡り、彼の熱と共にドロドロに溶かされていく。

ラファエルの興奮はいつまで経っても収まる気配を見せず、結局その夜はくたくたになって動けなくなるまで放してもらえなかった――。

＋　＋　＋

——翌日の早朝。

ラファエルは居間で一人、優雅に紅茶を楽しんでいた。

長い夜を過ごしたおかげで寝たのはつい数時間前だったが、この二年間は朝日が昇るのと同時に活動を始めていたので、その習慣がなかなか抜けないのだ。それでも寝足りないという感じはなく、特に今朝は心身ともに充実し、すっきりとした目覚めだった。

「おはようラファエル。いい香りだな」

「父上、おはようございます。一緒にいかがですか？」

「ああ、もらおうか」

しばし一人の時間を楽しんでいると、カーティスがやってきた。

若干髪が乱れてガウンを着たままなので、まだ起きたばかりのようだ。彼は笑顔でラファエルの斜め前のソファに座った。

「レイモンド、父上のティーカップを用意してくれる？」

「かしこまりました。ラファエルさま」

ラファエルは廊下に顔を出し、通りかかった執事に用事を頼む。

これから朝食なので、準備で皆忙しそうだ。自分で持ってきてもよかったかなと頭の隅で考えつつ、ラファエルは居間の扉を閉めて元の場所へと戻った。

「そういえば、おまえが船を下りて水夫たちが寂しがっていると聞いたよ」

「あの人たちとは、ずっと一緒だったからなぁ……。でも、本当はまだ完全に船を下りた気分じゃないんです。少し前から気になることがあって」

「気になること？　あぁ、もしかしてそれは例のロープの件か？」

「そうです。あの話、父上の耳にも入っていたんですね」

父の問いかけに、ラファエルは苦笑を浮かべて頷く。

例のロープの件とは、二か月ほど前から突然始まった迷惑行為のことだった。

船着き場に係留《けいりゅう》するアーチボルド家の船舶のロープが、何者かの手で切断されるという出来事がたびたび起こっており、水夫たちの間でちょっとした問題となっているのだ。

これまでは発見が早く、大事には至っていないものの、下手をすれば港から船が流されかねない。そんなことになれば、積荷を預かる者としての信用問題に関わるとあって、皆の悩みの種になっていた。

「我々は知らないうちに誰かの恨みを買っていたのかもな……」

「……そうですね。ですが今は調査段階ですし、考えるのは結果が出てからにしましょう。憶測でものを言っても解決しませんし、単なるイタズラの可能性もありますから」

「あぁ、確かにそれもそうだ」

ラファエルの言葉に父は頷き、やがて唇を綻ばせる。

途端にニコニコしてこちらを見るので首を傾げると、父は感慨深げに頷いた。

「いや、可愛い子には旅をさせるものだと思ってな」

「え？」

「船に乗りたいと頼み込んできたときは驚かされたものだが、こうして成長した姿を見ると実に感慨深い。マシュマロのようなおまえも、私としては堪らなく愛しかったがね」

「マシュマロ…？　あぁ、言われてみれば」

ラファエルはマシュマロの形状や触り心地を思い浮かべ、大きく頷いて笑った。

まさに二年前までの自分はそうだったと、懐かしさでいっぱいになる。

ソプラノの声、ろくに伸びない身長。美味しいものばかりを食べてほとんど運動しないから横にばかり大きくなった。

「自分には成長期が来ないのかと密かに心配していたけど、一気に伸びたから結構大変だったんですよ。膝が痛くて床を這っていたときもあったし」

「だろうなぁ…。時々会うおまえが見るたびに大きくなって、追い越されたときは衝撃だったよ。私も年をとったものだと少し落ち込んだ」

「そうだったんですか？」

「あぁ、その反面、嬉しくもあったよ。うちの家系は背が高い者が多いからまだ伸びるだろうな。それにしても、成長痛に苦しみながらでは大変だったろう。……その、なんだ。自ら率先して過酷な労働に身を置いていたと報告を受けているが」

「ええ」

「……だが、ラファエル。そこまでする必要は本当にあったのか？」

父はやや言葉を濁《にご》していたが、その表情からは複雑な心情が窺えた。

――おまえは貴族なのだから、そこまでする必要はなかったのではないか？

おそらく父はそう言いたいのだろう。

父の言う過酷な労働とは、積荷の運搬や船内の清掃、食材の調達から調理。夜は狭い場所で眠ったりと、数え上げればきりのない、他の水夫たちにとっては当たり前のことを指している。

本来、領地からの税収で優雅に生きていける貴族に労働は縁遠いもので、基本的に庶民との関わりはないに等しい。少し前までは貴族が事業を興《おこ》すこと自体が珍しかったが、時代の流れと共に税収だけでは生き残れない家が増えてきて、アーチボルド家が貿易業を始めたのはその先駆けといえた。

しかし、父もやはり貴族、事業主として全体を統括していても現場に顔を出すことは滅多にしない人だ。

それが普通の感覚だったし、過酷な重労働に身を置くことのほうがありえない。

何もせずともいずれ事業を継ぐ身なのだからと、そんなふうに考える父の気持ちもわからないではなかった。

「父上の言いたいことは理解しているつもりです。ですが、俺には必要なことでした。これからの自分のために、どうしても中途半端なことはできなかったんです」

「ラファエル……」

毅然《きぜん》とした返答にカーティスは黙り込む。

おそらく完全に割り切れてはいないのだろうが、それでも父はこの二年、頭ごなしに否定することなく、我が子の成長のためならと無理に家に戻すことはしなかった。

今もラファエルの意志を尊重して呑み込んでくれたのだろう。微かに頷く父に感謝するばかりだった。

「あら、二人ともここにいたのね。楽しそうに何の話をしていたの？」

「おはよう、シャーロット。船上での話を少しね」

「まぁ、それなら私も聞きたかったわ」

そこへ母シャーロットがやってきて、場の雰囲気がパッと明るく変わる。

同時に執事のレイモンドがティーワゴンを押してやってきた。

気を利かせて人数分のティーセットを用意してくれたらしい。ティーポットに湯を注ぐとフルーティーで爽やかな香りが部屋いっぱいに広がり、その香りで母の意識が逸れたようで、先ほどの話が蒸し返されることはなかった。

「ところで、アンジュの姿がないようだけど」

シャーロットはカーティスの隣に腰掛けると、ふとそんな疑問を口にする。

何の意図もなく、思ったことをそのまま聞いただけなのだろう。

「まだ寝てるんだ。今日はゆっくり休ませてあげて」

「……あ」

しかし、ラファエルの言葉ですべてを察したようだ。

母はこくこくと頷いて口を噤み、恥ずかしそうに顔を赤らめていた。

「そ、それにしても、あれだな！　色々あったが、ラファエルとアンジュがこうして丸く収まってよかった。メレディス家の人たちには頭が上がらないよ」

その隣では咳払いをしながらカーティスがなんとか話題を変えようとしている。

父はアンジュが起きてこない理由を最初から察していたのかもしれない。少々気の進まない話題だったが、ラファエルはせっかくだからと付き合うことにした。

「色々って、レヴィのことですか？」

「まぁ、他にも何人か求婚者はいたと聞くが、彼は最後まで諦めなかったようだしな……。ああ見えてレヴィは苦労人だ。貴族の家に生まれたからといって誰もが悠々自適に生きていけるわけでもない。破産しかけた家をあそこまで立て直し、今や何隻も船を持つまでに事業を成長させている」

「ええ、彼は本当にすごいと思います」

ラファエルはその話に素直に頷いた。

自分より一つしか違わないレヴィの人生は苦労の連続だったと聞く。

両親の散財癖で家が破産しかける直前、彼の父はレヴィに爵位を譲り、母と共に行方をくらまして今も戻っていない。しかも、それまで散々アーチボルド家から借りてきた金をほとんど返済していなかったというのだ。

　だがカーティスは、当時十五歳で自分の息子とそう年の変わらないレヴィにそれを話す気にはなれなかった。すべて胸にしまったうえで、これからの人生の足しになればとわずかな援助をしたところ、レヴィはそれで事業を興し、驚くことに数年で借財を完済してしまったのだ。

「若さゆえに少々強引なやり方もするというが、同業者としてレヴィは末恐ろしい存在になると私は思っている。いずれうちとも肩を並べる日が来るはずだ」

「はい、俺もそう思います」

「だから、つくづく不思議で仕方ない。そんな将来有望な男がアンジュに求婚していたというのに、どうしておまえは彼女に会わずにいられたんだ？」

　父は苦笑いを浮かべ、もの言いたげな眼差しでラファエルを見ている。

　ラファエルは一瞬口を噤みかけたが、父の気苦労を察して言葉を選びながら答えた。

「もちろん何度も迷いました。以前港で偶然レヴィと居合わせたときに、直接その話をされたこともあったので……」

「だったらどうして」

「アンジュが俺の帰りを待つと約束してくれたので、それだけを信じることにしました。あと…、アンジュはレヴィのことは好きにならない気が……」

「ほう、どうしてそう思った？」

「それは……、なんででしょう？　あえて言うなら勘…、でしょうか」

興味深く身を乗りだしたのに、ラファエルが出した答えに父は目を丸くしている。

やがて「それなら仕方ない」と言って膝を叩いて笑い、黙って聞いていた母もくすくすと笑いだした。

「そうね、ラファエル、あなたの勘は正しかったみたい。アンジュはおばあさんになってもあなたを待っているつもりだと言っていたのよ」

「アンジュがそんなことを……？」

「そうよ。彼女のこと、大切にしなさい」

「はい、もちろんです！」

「だからもし誰かに言い寄られても、きっぱりはっきり断るのよ？　あなたは愛嬌《あいきょう》いっぱいで昔から誰に対してもニコニコしていたけど、そういう対応はほどほどにしないとね。逆効果になってしまうことだってあるんだから」

「は？　はぁ…」

「シャーロット、結婚したばかりでそんな話は」

「だってラファエルったら、こんなに素敵に成長してしまったのよ？　誘惑の一つや二つあっても不思議じゃないわ。何かあってからじゃ遅いもの。こういうのは最初から寄せつけないのが大事なのよ」

「あぁ、まぁ…、それは確かにそうだな……」

母を窘めていたはずの父も、結局は同調して頷いている。

――相変わらず母上のほうが強いんだ。

一気に紅茶を飲み干す父の姿を微笑ましく思いながらも、ラファエルは両親がそんなふうに自分を見ていたと知って複雑な気持ちになってしまう。確かに面倒ごとを笑顔で回避しようとするところはあるので、黙って母の言葉に頷くしかないのだが……。

「そういえば、ハネムーンはどうするんだ？」

ラファエルが反応に困っていると、ふと気づいた様子で父がこちらに顔を向けた。

助け船のつもりだろうか。シャーロットの意識がその話題で逸れたのを見て、ラファエルはホッとしながら口を開いた。

「行きたい気持ちはあるんですが、どうもアンジュに戸惑いが見えるので、二人でいることにもう少し慣れてからにしようかと」

「そうなのか……。だがまぁ、無理もないことか」

「ええ、落ち着くのをゆっくり待つつもりです。それより父上たちこそ、久々に夫婦水入らずで旅行へ行かれてはどうですか？　これからの時季は各地で収穫祭が開かれます。今年は南方の地がかなり盛大だと聞きましたよ」

「私たちだけでか？　心惹かれるが、なんだか悪い気もするな」

「あらでも、それって名案かもしれないわ。私たちがいないほうがハネムーン気分を味わえるじゃない」

「おお、そうか！　なるほど、そういう考え方もあるな」

渋る様子を見せたカーティスだったが、シャーロットの言葉に感心して頷いている。

しかし、それはラファエルが密かに望んだ展開でもあった。

ニコニコしながら二人の話に耳を傾けていると、そのうちに具体的な日程や場所の話になってくる。もう自分の出る幕はないと思ったラファエルは、大きく伸びをしてから立ち上がった。

「アンジュの様子を見てきます」

「あ、ラファエル」

「はい」

ところが、部屋の扉に手をかけ、半分ほど開けたところで父に呼び止められた。

何の気なしに振り向いたが、そこで投げかけられた父の言葉はラファエルにとって少々意外なものだった。

「どうしておまえが船に乗ったのか、二年も離れる必要があったのか、アンジュには本当の理由を説明してあげたらどうだろう。そうすれば、彼女の戸惑いも少しは和らぐのではないかな？」

「え…？」

含みのある言い方に、ラファエルは一瞬だけ目を見開く。

ほんの数秒ほど場が静まり返る。ラファエルは父の隣に座る母にも視線を移し、遠慮がちに頷く姿にドアノブを摑む手に力を込めた。

「……やだなぁ、本当の理由ってなんですか？　将来のため以外、二年もここを離れる理由なんてありませんよ。あぁ、びっくりした。他に理由があったのかと考えてしまいました」

「ん、ああ。……そう、か？」

「そうですよ」

ラファエルは何の躊躇いもなく父の言葉を笑い飛ばす。

それに対して、二人はどこか納得のいかない表情をしていた。

だが、それ以上食い下がる様子はなかったので、ラファエルはもう一度彼らに笑顔を向けると、そのまま居間を出ていく。

そういえば、自分は面倒ごとを回避するために笑って誤魔化すところがあるなと考えたばかりだった。

必要以上に明るく振る舞う自分に気づいてラファエルは一人苦笑を浮かべたが、二階へ足を踏み入れたときには、両親とのやり取りは頭の中から消えていた。

アンジュが起きているのか眠っているのか、たったそれだけを想像するのが楽しくて仕方がなくなってしまったからだ。

「……アンジュ？」

そーっと寝室の扉を開き、ラファエルはベッドのほうを覗き見る。

こんもりした毛布の塊は部屋を出たときと変わらない。

思わずニヤけてしまう顔をそのままに、ラファエルはそろそろとベッドへ近づき、まったく起きる気配のないアンジュの寝顔を覗き込む。触りたくなって手を伸ばしかけたが、起こしてしまうと慌てて引っ込め、代わりに頬にキスを落とした。

「待っていてくれて、ありがとう」

耳元に唇を寄せ、そっと囁く。

すぅすぅと可愛らしい寝息が首にかかってくすぐったい。

そのうちに欲が出てきて、ふっくらした小さな唇を自分の唇で塞いだ。

次第にそれだけでは我慢できなくなって、髪に触れたり顔にも触れてみたがアンジュが起きる気配はなかった。

「ん…う…っ」

だが調子に乗って舌を絡めた途端、少し苦しげな喘ぎを耳にして、ラファエルはハッと我に返って彼女から離れた。

「……ごめん。今度こそおとなしくする」

この程度さえも自重できないのに、よく二年も離れられたものだ。

しばらくして元に戻った彼女の穏やかな寝息にホッと息をつく。

――それにしても、父上と母上はどこまで気づいているのだろう。

そんなことを頭の隅で考えながらアンジュの寝顔をじっと見つめ、ラファエルはしばらくその場を動こうとしなかった。

+　+　+

窓から降り注ぐ、暖かくて柔らかな光が眩しい。

遠くのほうから人の声が聞こえ、扉を閉める音と近づく足音が微かに響く。

もう起きる時間なのかと、アンジュは夢と現実の狭間《はざま》を行ったり来たりしていた。

そのうちに少しずつ意識がはっきりしてきて何度か寝返りを打ち、程なくして毛布から両手を出して大きく伸びをする。

「おはよ、アンジュ」

「…ん、おはよう」

小さなあくびをしながら身を起こし、アンジュは反射的に挨拶を返す。

だが、見慣れない青い壁紙が視界に入り、部屋を見回そうとしたところで、すぐ傍に若い男がいることに激しくびくついた。

「……ッ!!」

もちろん、それがラファエルだったのは言うまでもないことだ。

忘れたわけではないが、昨日の今日でまだ実感がない。

おまけに昨夜の情事が頭に蘇って一気に顔が熱くなり、さらには自身が裸だったことにも気づいて驚嘆した。

「やぁあ…っ⁉︎」

しかし、慌てて毛布の中に戻ろうとするのを阻《はば》んだのはラファエルの腕だった。

「よく寝てたね。もう疲れは取れた？」

ぎゅうっと抱きしめられ、じっと顔を覗き込まれる。

起きたばかりで顔を洗っていないし、髪だって梳かしていない。そんな間近で見ないでほしいと思いながらアンジュは顔を背け、しどろもどろになって頷いた。

「え、あ…、う。……そ、そうね」

「アンジュ、こっちを見て」

「それはちょっと……」

「どうして？　見てくれなきゃキスができないよ」

「……っ」

「アンジュ、こっちを向いて。可愛い顔を俺に見せてくれないの？」

起きて早々、なんて甘ったるい会話をしているのだろう。

これが新婚というものなのかとアンジュは耳まで真っ赤にしていたが、ラファエルの囁きはとどまるところを知らない。そのうえ、触れるか触れないかの位置で頬やこめかみに唇が近づき、温かい息で肌を撫でられて必要以上にビクついてしまう。

「ねぇ、アンジュ、お願い。キスしたいよ。ねぇ、だめ？　キスさせてよ」

「～…ッ、わ、わかったわ！　わかったから…っ」

結局、アンジュはすぐに根負けしてしまった。

これは長年染み付いたものなのだろう。ただでさえ甘えられると弱いのに、そんなふうにねだられると子犬がキュンキュン泣いているようでソワソワしてしまうのだ。

「…んっ」

ラファエルに顔を向け、固く目を瞑るとすぐに唇が重ねられる。

啄むようなキスが繰り返され、角度を変えて深い口づけになっていく。

彼の舌先がアンジュの舌を誘うように撫で、戸惑っているとねだるように突かれた。

まだ躊躇いはあったがアンジュもおずおずと舌を差しだし、互いに押したり引いたりしながら絡め合った。

「アンジュ…、もっとちょうだい」

「あ、ん…っ」

おはようの挨拶として済ませるにはあまりに濃厚すぎる。

このままでは、また淫らな行為になだれこんでしまいそうだ。

そう危惧する気持ちがアンジュの頭を過った途端、ラファエルの舌の動きがピタッと止まり、絡み合う互いの舌が解けた。

「そろそろ着替えて食事にしよう。お腹空いたよね、もう二時を回ってるんだ」

「えっ、二時!?」

「侍女を呼んでくるから少し待ってて」

ラファエルは立ち上がり、それだけ言い置くと寝室から出ていく。

まさかそんなに寝ていたとは思わず、アンジュは遠ざかる足音を呆然と耳にしていたが、ふと我に返ってサッと毛布を捲った。

「……身体もベッドも汚れてない」

体液やら謎の液体やらでぐちゃぐちゃだったはずなのに、肌もベッドもさらさらで何事もなかったかのように綺麗になっている。

ラファエルが一人でやったのだろうか。

裸のアンジュがいるのに他の誰かに手伝わせるとは思えない。

「……ッ」

アンジュは思わず頭を抱えた。

まったく気づかずに眠っていた自分が信じられない。あとで綺麗にするとは言っていたが、その様子を想像しただけでジタバタしたくなるほど恥ずかしかった。

──初日からこんなに情けない状態で大丈夫なの？

こんな時間まで眠りこけてしまい、どのような顔で皆に挨拶すればいいのかわからず、アンジュはいきなり途方に暮れてしまいそうだった。

第四章

「えっ、お二人でご旅行へ!?」

それは結婚して一か月が経った、ある日の昼食後のひとときのことだ。

何気なく発したシャーロットの『旅行へ行く』という一言に、アンジュは思わず大きな声を上げていた。

「そうなの。一週間後にね。……あら？　私ったら言ってなかったかしら」

「初耳です…」

「いやだわ、ごめんなさい。えぇと…、あれはいつの話だったかしらねぇ。そうそう、あなたたちがハネムーンに行ってないって話したときがあったの。そのとき、自分たちは落ち着いたら行くからってラファエルに勧められてね。せっかくだから南方の大きな収穫祭に合わせて、一か月くらい行ってこようかしらって」

そう言って、シャーロットはすまなさそうに眉を下げる。

わざとではないのだから、そんなふうに謝らなくてもいいのに……。

アンジュはそう思いながら、自分たちがハネムーンに行っていなかったことにこのとき初めて気づき、思わず苦笑いを浮かべた。

「アンジュは反対？」

ふと、隣に座るラファエルがこちらを見て問いかける。

なぜそんなことを聞かれたのかわからなかったが、アンジュはすぐさま首を横に振った。

「まさか。そんなこと思わないわ」

「そう？　ならよかった」

「……？」

「あぁ、よかった！　自分たちばっかりと思われたらって、ドキドキしてしまったわ」

二人の会話にシャーロットがほっとした様子で胸を撫で下ろす。

もしかして、反対しているように見えたのだろうか。

決してそんなつもりはないのだが、そう思わせたなら申し訳なかったと、アンジュは笑顔になって自分から旅行の話題を振った。

「お義母《かあ》さま、ご旅行の準備はもう終わったんですか？」

「それがまだなの。どの服を持っていこうか悩んでいるうちにどんどん時間が過ぎてしまって……。アンジュが一緒に選んでくれたらなんて、実はちょっと思っているのだけど」

「私でよければお手伝いさせてください」

「まぁ…っ、まぁまぁまぁ！　だったら今！　今からいいかしら⁉」

「はい、もちろん」

「嬉しいっ！　やっぱり娘がいるって素敵！　いるだけで家は華やかになるし、こういうことも相談できるんだもの！」

シャーロットはすっかり笑顔に戻って上機嫌だ。

その様子にカーティスもニコニコしていて、隣を見れば、ラファエルも穏やかな表情で話に耳を傾けていた。

家族が揃い、和気藹々とした昼下がりのひととき。

こういう時間はほっとするし、昔と同じで気持ちが楽だ。

――だけど二人が旅行に行ってしまうと、ラファエルと二人きりになる時間が今より増えてしまうのかも……。

不意にそんな考えが頭を過ぎり、アンジュは小さく息をつく。

結婚して一か月が経つが、ラファエルの愛情表現はとどまるところを知らない。

毎夜の如く激しく求められては寝坊してしまう日もあり、四六時中一緒に過ごすうちに、最近では人には言えない新たな悩みも生まれていた。

「シャーロット、ほどほどで切り上げるんだよ。あまりアンジュを独占してはラファエルと一緒の時間が少なくなってしまうからね」

「ほんの少しだけよ。さぁアンジュ、行きましょう！　実は靴と髪飾りも悩んでいるの。どれが似合うか見てくれる？」

「はい」

周囲の人たちはアンジュたちを見かけると、いつもさり気なく気遣って二人きりにしようとしてくれる。

カーティスもそうやって気遣ってくれていたが、たまには気分転換をしたい。

一瞬もたげた後ろ向きな感情はシャーロットの笑顔で消え、アンジュも同じように笑顔になって、そのまま食堂を出ていった。

＋　＋　＋

アンジュがシャーロットから解放されたのは、それから三時間後のことだった。

それだけ時間がかかったのは、シャーロットの持ちものを選ぶだけでなく、途中、話が脱線してアンジュにくれる服を選び始めてしまったからだ。

無邪気に喜ぶシャーロットとあれこれ話しながら過ごす時間はあっという間のことで、そのうえ一か月の旅行となると今日だけで選び終える量ではない。結局、続きは明日ということになって、アンジュは今しがた衣装部屋から出てきたところだった。

「……いい天気」

廊下を進む途中、窓の外から差し込む陽が暖かいことに気づく。

ふと、ここに嫁いでから一度も裏庭に足を運んでいなかったことを思いだし、久しぶりに行ってみようという気になって楽しい気持ちのまま正面玄関へと向かった。

「アンジュ」

「あ、ラファエル」

ところが、その途中で廊下の向こうから声をかけられる。

振り返ると、書庫からひょいと顔を出したラファエルが手を振っていたので、アンジュは彼がいるほうへと方向を変えた。

書庫の前で立ち止まり、開いた扉から部屋の中に目を移すと大きなテーブルに本や紙が広げてあって、何かの作業をしていたことが窺える。船を下りてからはカーティスの事業の一部を任されるようになり、その関連で時々書庫に足を運んでいるようだった。

「母上の用事はもう終わったの？」

「それが、続きはまた明日ということになって」

「ははっ、やっぱりね。なんとなくそうなると思ってたんだ。色々付き合わされて大変じゃなかった？」

「ううん、全然。とっても楽しかったわ」

「ならよかった。母上、アンジュのことがすごく可愛いんだろうね。男の俺じゃ母上の満足のいくようには付き合えないことも多いし」

「それは仕方ないことだわ」

「ところで、どこへ行こうとしてたの？」

「ええ、久々に裏庭を覗いてみようかと思って」

「……あぁ、裏庭ね」

「……？」

笑顔で話していたのに、ラファエルはなぜか急に真顔になって黙り込んでしまった。

その理由はわからなかったが、一瞬だけ正面玄関のほうへ視線を向けたので、アンジュも振り返って同じ方向を見ようとした。

「きゃっ!?」

しかし、その隙をつくように突然腕を摑まれる。

驚いて声を上げ、一瞬よろめいたが、気づけば廊下の隅で彼の胸に閉じ込められていた。

「ラファエル…？」

「アンジュ不足だったんだ」

たった数時間で不足も何もないと思うのに、ラファエルは頬や額、顔中にキスの雨を降らせ、最後にぎゅうっと強く抱きしめて大きく息をつく。

それで満足したのかと思いきや、一旦身体を離すと、彼はなぜかその場で上着のボタンをいそいそと外し始めたのだった。

「ど、どうして脱ぐの？　ここ、廊下よ？」

「別に、上着だけだよ？」

「でも、そろそろ薄着じゃ肌寒い季節だわ」

「そうかな」

戸惑うアンジュをよそに、ラファエルは脱いだ上着を片手に持ち、首元のピンを外すとクラバットを抜き取ってしまう。

手慣れた動きでベストも脱ぎ、シャツのボタンを上から二つ目まで外し、長めの前髪を煩わしげにぐしゃっと掻き上げてにっこり笑った。

——ラファエルってば、どうしていつも突然薄着になるの？

実は最近のアンジュの悩みの一つがこれだった。

本人曰く体質が変わったとかで、今日のように肌寒い日でもやたらと薄着になりたがるときがあるのだが、常時そうするわけではないのが不可解なところだ。油断しているときに限って不意打ちのように脱ぎだすので、アンジュはいつもびっくりしてしまう。

上着を着ていると気づかないが、ラファエルは着痩せするタイプだ。

シャツだけだと締まった腰つきや胸板の逞しさがわかってしまい、はだけた胸元から覗く浮き出た鎖骨が妙に色っぽくて目のやり場に困る。

アンジュは目を泳がせながら、廊下の向こうに顔を向けた。

「どうして目を逸らすの？」

「それは…。——あっ」

不意に侍女の一人が廊下の向こうを通り、こちらに気づいて目が合った。

笑みを浮かべて会釈するのを横目に、アンジュはラファエルのはだけた胸元をサッと押さえる。

「なに？」

「ううん、なんでも……」

首を横に振りながら、アンジュは通り過ぎる侍女に神経を注ぐ。

足音が遠ざかり、やがて人の気配がなくなったのを感じてほっと息をついた。

もう一か月も一緒に生活してきて、こんなことは何度もあったが、アンジュはいつも同じ行動を取ってしまう。無駄に振りまく彼の色気を他の誰かに見られるのは無性に胸がムカムカするから、誰もが通る場所では薄着にならないでほしかった。

「アンジュ、こっちへおいで」

「え？　あ…っ！」

胸を押さえた体勢のままジッとしていると、その腕を掴まれて今度は書庫の中へと引っ張られた。

「――んっ、んんっ」

途端に唇が塞がれ、アンジュは目を白黒させながらくぐもった声を漏らす。

そんな戸惑いをよそにラファエルは素早く扉を閉め、脱いだ服を適当にテーブルに広げると、その上にアンジュを座らせた。

「や、なに…？　あっ!?」

戸惑っていると、腰を抱かれて徐々にのしかかられる。

何という手際のよさだろう。この部屋に連れ込まれてから、ものの数秒で、アンジュはいとも容易く組み敷かれてしまっていた。

「ちょっと怒ってる顔をしてたから」

「……気のせいだと思うけど」

「そう？」

胸はムカムカしたが別に怒っていたわけではない。

けれどラファエルは話を聞こうとせず、首筋に唇を這わせ、背中で留まっているボタンを外してしまう。

——またおかしな流れになってしまった……。

今の一番の悩みであるこの状態に困惑しながら、アンジュは彼の腕の中で身を捩る。

最近のラファエルはアンジュが少しでも顔色を変えると、怒っていると言っては適当な部屋に連れ込み、日中でも淫らな行為を仕掛けてくるのだ。

自分では怒っているつもりがないのに、いつもそういう流れにされてしまう。

仮に怒っていたとしても、なぜ毎回組み敷かれるのかわからない。

彼とは、夜寝る前は当然のように、それだけでなく、朝起きてからも身体を繋げることがあり、いつもの時間に起きられないほどクタクタなときがあると考えると充分すぎるほどしているのだと思う。それなのに、このところ日中でもこんなことが増えてろくな会話もしていなかった。

——そもそも私たち、結婚してから一度でもじっくり話をしたことがあった？

アンジュは考えを巡らせて悲しくなる。

いくら思いだそうとしても、毎日こんなことばかりしている記憶しかなかった。

「それ以上はだめっ、着るのが大変だから今は脱がさないで……っ」

「あぁ、そうだね」

アンジュは腕の中でもがき、ここまでで終わりにしてもらおうと彼の胸を押した。

しかし、ラファエルは納得した様子で頷きはしたが、いくつか外した背中のボタンをそのままにしてスカートの中へと手を滑り込ませてくる。

「あっ、だめ、こんなところじゃいや……っ」

「大丈夫、声を抑えれば気づかれないよ」

「でも、誰かが入ってくるかもしれないわ」

「父上は出かけてしまったし、母上も書庫には来ないよ」

「……レイモンドは？」

「レイモンドも」

困り切って、思いついた執事の名前まで出したが、彼はクスッと笑ってアンジュの頭をぽんぽんと撫でてくる。

これではワガママを言っているのが自分のほうみたいだ。

小さな子を宥めるようにされて、こっちが年上なのにと顔を真っ赤にしながらラファエルの胸を力いっぱい押して、アンジュはテーブルから下りようとした。

「あっ⁉」

だが、足が床に着いたと同時に身体を反転させられ、今度は後ろから抱きしめられてしまう。

「やっぱり怒ってるんだ」

「だから怒ってないってさっきから」

「仲直りしよう。ね？」

「……っ」

ラファエルは色々勘違いをしたまま行為を続行しようとしていた。

お尻を突き出した恰好でスカートを大きく捲り上げられ、ドロワーズの紐をスルスルと解かれていく。その手から逃れようとするも、後ろから耳たぶを甘噛みされ、服の上から胸を揉まれて身体がビクついた。

「あっ、あんっ、だめ…っ」

「可愛い声」

「やぁっ、下着は脱がさないで」

「脱がさないとできないよ？」

「ン…っ」

ラファエルの甘い低音が耳元で聞こえ、熱い息がかかる。

しかし、ぞくっとして喘いだ一瞬の隙に紐が解け、緩んだドロワーズを膝の辺りまで一気にずり下げられてしまった。

アンジュは自分の姿を客観的に想像してジタバタしたい気持ちになったが、後ろからがっちり抱きしめられているので逃げ出すこともできない。

「あぁっ！」

そうこうしているうちにラファエルの指が秘部に触れて、くちゅっと音がした。

どうして濡れているのよ……っ!?

逃げようとしながらも身体は彼を受け入れる準備をしていたのだと知り、アンジュは途轍もない羞恥を覚えてテーブルに突っ伏した。

「アンジュ、すごいよ。もういつでも挿《い》れられそう……」

「……や…あ」

何度か入り口を指の腹で擦られ、いやらしい水音が部屋に響く。

ラファエルは秘部を弄っているだけなのになぜか息が上がっていて、アンジュの背中を覆うその身体の熱もどんどん上昇していくのが伝わってくる。そのうちにいくつかの指が中に入れられ、ぐちゅぐちゅと音を立てて掻き回された。

「も、挿れていい？　トロトロになってるからいい？　アンジュがほしいよ。可愛すぎて堪らないんだ……っ！」

ラファエルは興奮してくると、耳を塞ぎたくなるほど恥ずかしい言葉をたくさん口走る。

それを耳元で息を荒らげて言うものだから堪ったものではない。

これ以上は恥ずかしくて聞いていられないとアンジュはコクコクと頷き、自分の口を覆う手に力を込めた。

——コン、コン。

「……ッ!?」

ところが、そんな矢先に硬質なノックの音が響き、二人はビクッと身体を揺らす。

こんな状態で人が来るなんてと思ったが、黙っていれば扉を開けられかねず、反応しないわけにもいかない。

ソロソロと後ろを向くと、ラファエルの悲愴な顔が目に入る。

どうやらここで中断しなければならないということは彼も理解しているようだ。

「ごめん、アンジュ」

「……ん」

ラファエルは盛大にため息をついてガックリと肩を落とす。

未練がましくアンジュのお尻を数秒ほど見ていたが、捲れたスカートと膝までずり下げられたドロワーズを名残惜しげに元に戻すと、うつ伏せのアンジュを横抱きにして、近くに置かれてあった椅子に座らせ扉へ向かった。

「……どうかした？」

「お忙しいところ申し訳ありません。ラファエルさまに来客なのですが……」

「来客？　そんな予定はないはずだけど」

「はい。ゴードンと名乗る大柄な男性で……、その、言えばわかるとおっしゃっているのですが、ご存知の方でしょうか。挨拶に寄っただけですぐお暇《いとま》されるとのことで、外でお待ちいただいております」

「あぁ…、ゴードンか。うん、知ってる。……わかった。すぐ行くと伝えておいて」

「承知いたしました」

扉の向こうにいるのは執事のレイモンドだ。

用件を伝えるとすぐに立ち去ったようで、廊下の向こうへ足音が消えていく。

ラファエルはそれをじっと見送っていたが、程なくして振り返り、アンジュのもとへ戻ってきた。

「船に乗ってたときに、何かと面倒を見てくれた人なんだ」

「そうなの。それなら私も挨拶に…」

「あぁ、そんなのいいって。そういうのを気にする相手じゃないんだ。それよりアンジュはここで休んでいて。ほら、髪も服も乱れてしまったし顔だって火照《ほて》ってる」

「でも…」

「いいからいいから。じゃ、ちょっと行ってくる。すぐに戻るからね」

そう言うとラファエルはテーブルの上でくしゃくしゃになっていた上着をアンジュの肩にかけ、客人に会いに行ってしまった。

廊下に消える足早な靴音。ほとんど口を挟む隙がなかったことに、アンジュはもやっとした気持ちになった。

——なんだか、ゴードンという人に私を会わせたくないみたい……。

しかし、何気なく頭に手をやると、ラファエルの言ったとおり髪が乱れている。

顔も熱く火照っているし、ドレスの背中のボタンも外れたまま留め直していない。

確かにこれでは挨拶に行くどころではない。ちょっと意地悪な考えだったと反省し、せめて身を整えてから行こうと考えを改めた。

けれど、一人で身支度を整えるのに思いのほか手間取ってしまう。

乱れた髪を直すのは簡単だったが、背中のボタンがなかなか留められない。陽が高いうちから服を脱ぐようなことをしていたと思われるのが恥ずかしくて、誰かに手伝ってもらうこともできずに、ずいぶん悪戦苦闘してしまった。

「できた…っ！」

やっとのことで背中のボタンが留まり、アンジュはほぅっと息をつく。

かなり時間がかかってしまったが、ラファエルはまだ戻ってこない。客人はまだ帰っていないのだと思い、アンジュは少し皺になったスカートを手で整えてから書庫を出る。

ところが、いると思って向かった応接間には誰もいない。

人がいた気配も感じられず、アンジュは通りかかった侍女を呼び止めた。

「あの、ちょっと教えてほしいのだけど」

「はい、いかがいたしましたか？」

「ラファエルのお客様が、どこにいるのかわからなくて……」

「あぁ、それでしたら外におられますよ。正門付近でお話しされているようでした」

「そうだったの。ありがとう」

どうしてそんなところで話しているのだろう。

不思議に思ったが、挨拶に来ただけだと話していたのを思いだし、アンジュは侍女に礼を言ってから正面玄関へ向かった。

「あっ、あんなところに……」

外に出ると、ラファエルと大柄な男の姿をすぐに見つけた。

大柄な男は門に寄りかかっていて、ラファエルはその男の傍に立っている。男は屋敷の外に向いて立っているので、アンジュから見えるのは背中だ。

港で見た多くの水夫たち同様、その男は立派な体格をしていて、腕の太さなんてラファエルより一回りは大きい。

二人とも上背があって、その迫力に呑まれそうになったが、せめて挨拶だけはしようと近づいたところ、彼らの会話が聞こえてしまい、アンジュは思わず足を止めた。

「――だからまだ例の件は片付いてないいんだ。悪いな」

「謝る必要はないよ。ゴードンは少しも悪くない」

「ああ…。それにしても、ひどい話だよ。昨日なんて危うく船が流されかけたんだ。こうなったら見張りを増やして対応するしかなさそうだ」

「余計な仕事を増やしてすまないと思ってる。そのぶん給金ははずむから、できる限り続けてくれると助かる」

「わかってるって」

何の話をしているのだろう。

神妙な会話に思えて、アンジュは話しかける機会を失ってしまった。

「だけど俺たちがこんなに協力的なのは、他でもないラファエルの頼みだからだ。俺としちゃ、すぐにでもあんたに継いでほしいと思ってるんだ」

「無茶言うなよ」

「それだけ期待してるってこった。他のやつらも同じさ。知ってるだろ？」

「……」

「まぁ、俺なんかが口出しできる話じゃないってことはわかってるんだ。頭の隅にでも置いといてもらえたらそれでいい」

「あぁ…」

「しっかし、家に戻った途端結婚するとはなぁ…。生まれたときから決まってたっていう例の年上女房だろ？　あぁ、もったいねぇ！　こりゃあ、あちこちで大騒ぎだな。女どもの悔しそうな顔が目に浮かぶが、あいつら結構したたかだ。あんまりつまみ食いしすぎると大やけどするからほどほどにしておけよ」

「……あんたって本当にそういう話が好きだよな」

「俺だけじゃないぞ」

「もちろん知ってる」

楽しげに笑うゴードンという男と、彼に肩を小突《こづ》かれて苦笑気味のラファエルの声。

ラファエルはいつもと少し口調が違っていて、なんだか知らない人みたいだ。

皆に馴染むために色々と合わせるようにしてきたと言っていたが、言葉遣いだけでなく雰囲気まで違う気がして彼の背中が少し遠く感じられた。

しかし、そこでふとアンジュは我に返る。

こんな場所で息をひそめて立つ今の自分は、まるで盗み聞きをしているみたいだ。

どうしてこんなはしたない真似をしているのだろう。

二人とも、今はもう深刻そうな話はしていない。若干迷いはあったが、このまま屋敷に戻るよりはとアンジュは声をかけることにした。

「ラファエル」

「え…？　――ッ！　アンジュッ⁉」

ラファエルは肩をビクつかせ、驚いた様子で振り向く。

そこまで反応することだろうかと頭の隅で思いながら、アンジュは大柄な男、ゴードンにも顔を向けた。

「やっぱり挨拶だけでもと思って。……ゴードンさんですね。はじめまして、妻のアンジュです」

「え…、妻…って……」

話しかけると、ゴードンはパッと顔を上げてこちらに目を向ける。

だが、彼はアンジュを見るなり目を丸くして、頭のてっぺんからつま先まで何度も視線を往復させてから素っ頓狂な声を上げた。

「あんたがラファエルの!?」

「は、はいっ」

しかも、彼はなぜか前のめりになってアンジュを凝視してくる。

面食らっていると、ゴードンはハッとした様子でガシガシと自分の頭を掻き回し、両手で自身の顔をばちんばちんとひっぱたいてからビシッと直立不動になった。

「いや、これは失礼！　その…、ラファエルとは二年ほど同じ船で、ずいぶん仲良くさせてもらいました！」

「先ほどお聞きしたところです。その節はありがとうございました」

「そんなッ、お、俺なんて礼を言われることはまったく！　いやいや、そんな滅相《めっそう》もねぇ！」

「は、はぁ…」

「まいったな。いや、とにかくまいった。あれ？　まいったしか言ってねぇな」

ゴードンはちょっと変わった人みたいだ。

身振り手振りだけでなく声も大きいが、これがどういう反応なのか今ひとつ摑めない。

アンジュがぎこちない笑顔を浮かべると、彼も釣られるようにへらっと笑ったが、その拍子に口端からタラッとよだれが垂れた。

「ちょっとゴードン！　なんでよだれっ!?」

「おわっ!?　すまねぇ！」

「あの、よかったらハンカチをどうぞ……」

「そそ、そんな綺麗なもんは使えませんて！　とんでもねぇ！　とんでもねぇ！」

「でも」

「本当におかまいなく！　……、はぁ、はあっ、はあっ」

「ゴードン、なんで息が荒いんだよ！」

「だってよぉ、ラファエル！　……いや、すんません。なんか俺……、ちょっと今日はもうアレなんで。……とりあえず帰ります」

「えっ？　ラファエルとの話は」

「それはもうとっくに終わってるんで。ホント、平気なんで」

「あ、あの…、ではまた今度、ゆっくり遊びにいらしてくださいね」

「うえっ!?　へ、ヘイっ！　……いや、ははっ、どうもどうも」

なんだか色々どうしたらいいのかわからない。

ゴードンは途中から額に大量の汗を掻き始め、よだれを垂らしたり息を荒らげたりと忙しかったのだが、最後にはやたらとペコペコ頭を下げて笑いながら去っていった。

——私、変なことを言ってしまったのかしら。

大きな背中を見送りながらアンジュがしばし眉を寄せていると、隣に立つラファエルが大きなため息をついた。

「なんかごめん。ゴードン、いつもはあそこまで変じゃないんだけど。たぶん、アンジュにびっくりして……。だから俺、挨拶とかいらないって……その……」

「そう…よね。でしゃばった真似をしてごめんなさい」

「えっ!?　いや、そういう意味じゃなくて！」

アンジュの謝罪にラファエルは焦った様子で首を横に振る。

だったらどういう意味なのだろう。

彼の顔をじっと見上げ、アンジュは小さく息をついて手を差しだした。

「もう中に戻りましょう。日が暮れてきたし、風も冷たくなってきたわ。いくらなんでもシャツだけじゃ寒いでしょう？」

「え、あぁ…。うん、そうだね」

アンジュが笑いかけると、ラファエルも笑顔になって差しだした手を掴み取る。

屋敷に向かう彼の横顔はすっかりいつもどおりだ。

とても大きな手。外にいたのに温かい。

だが、そんな穏やかな気持ちを抱く一方で、アンジュの中では別の感情も湧き上がり、彼と繋いでいないほうの手をぐっと握りしめていた。

『女どもの悔しそうな顔が目に浮かぶが、あいつら結構したたかだ。あんまりつまみ食いしすぎると、大やけどするからほどほどにしておけよ』

あの会話は何なのだろう。

話しかけたとき、ラファエルはどうして必要以上に驚いた反応を見せたのだろう。

――やましいことがあったから……？

そんなことは思いたくないのに、ラファエルが各地でずいぶん羽目を外していたという、いつかのレヴィの言葉まで思いだしてしまった。

四六時中愛を囁かれてすっかり忘れていたが、ラファエルが帰港した日に出迎えに来ていたあの若い女性のことを、結局彼はなんと言っていただろう。

考えてみると、答えをもらっていない。

疑われるようなことは何もないと言いながらも、彼女が誰なのかは言わなかったのだ。

「……ッ」

すごく嫌な感じだ。いつもの胸がムカムカする感じとは比較にならない。

この気持ちを口に出した瞬間、心の中にあるドロドロした感情が煮え立ってしまいそうだった――。

第五章

秋の空、少し乾いた冷たい風。

なんとなく一人になりたくなって、アンジュは昼食のあと、うたた寝をしていたラファエルを居間に残し、久々に訪れた裏庭でぼんやりしたひとときを過ごしていた。

「はぁ…っ」

もう何度目かわからないため息をつき、宙を仰《あお》ぐ。

ラファエルと同じ船に乗っていたゴードンが訪ねてきた日から、そろそろ一週間が経つが、今日まで日常の変化はこれといってなかった。

ラファエルは今までどおり、『好きだ、愛してる』と言ってはアンジュを組み敷く。

暇さえあれば間近で見つめられ、一日のほとんどを彼の傍で過ごした。

傍目からは何一つ変わらぬ日々。それでいてアンジュの中では何かがすれ違う。

アンジュにはラファエルだけなのに彼のほうはそうじゃないのかもしれないと思ってし

まう瞬間が日に何度も訪れ、そのたびに言いようのない焦燥と苛立ちが募り、そんなことを考える自分に疲れてしまった。

「あら？」

ぼんやり庭を眺《なが》めていると、楓《かえで》の木の傍らで人影が動いた。

あれは庭師のマイクだ。人がいたとは気づかず感傷にふけっていたが、幼い頃から知る馴染みの存在に、アンジュは途端に笑顔になって彼に近づいた。

「マイク！」

「……え？　あぁ、アンジュさま！」

マイクは作業に夢中になっていたようで、振り返ったのは声をかけて数秒ほど経ったあとだった。

相変わらず大きな人だ。昔はロイやラファエルがこの逞しい腕にじゃれついて一緒に抱き上げてもらったこともあったのだ。

あの頃に比べれば多少は老けたが、年を重ねたぶんだけその仕事ぶりにも磨《みが》きがかかっている。秋には秋らしい彩《いろど》りを取り入れ、散り始めた黄色い葉でさえ彼の芸術の一部になっていた。

「こんなに素敵な庭なのに、もうずいぶん足を運んでいなかった気がするわ」

「そういえば、最後にお話ししたのは、ご結婚される前だったかもしれません」

「本当？　ずっと屋敷にいたのに、これだけ広いとなかなか会わないのね。……というより、私がここに来ていなかっただけかも」

「お好きなときにいつでもおいでください」

「ええ。……あ、マイク、ちょっと待って」

マイクは柔らかな笑みを浮かべ、作業に戻ろうとしていた。

しかし、肩口に楓の葉がついていたのに気づき、アンジュは少し背伸びをして彼の肩から葉を取り去った。

「あぁ、すみません。大体いつも身体のどこかに葉っぱをつけてるもので」

マイクは恐縮した様子だったが、冗談交じりにそんなことを言って笑いを誘う。

思いだしたら確かにそうだったので、アンジュは頷き、声を出して笑ってしまった。

「まぁまぁ、楽しそうねぇ。何のお話？　私もまぜて」

「あ、お義母さま」

すると、そこへ笑い声に誘われた様子のシャーロットがやってきた。

いつもより少し着飾って、よそ行きの恰好をしているのは、予定していた旅行に今日から出かけるからだ。

そろそろ出る時間なのだろうか。

その前にアンジュに声をかけにきたのかもしれなかった。

「奥さま、お出かけ前に聞くような話じゃありませんよ。私にはいつも葉っぱがついてるって話ですから」

「まぁ、素敵じゃない。髪飾りにだって葉っぱを使うわ」

「そんな洒落たものと一緒にしちゃいけません」

二人の会話がおかしくてアンジュはまたクスクス笑ってしまう。

夫妻が旅行に行くのは皆が知っていることなので、マイクもそれに調子を合わせているようだ。

シャーロットの笑顔は誰にでも分け隔てなく向けられるから、こんなやり取りはそこかしこで毎日のように見られる。彼女は昔からアンジュの憧れだが、この家に嫁いでからはこういった気さくさも見本にしたいと思う一つになっていた。

二人の会話は途切れることなく続き、次第に昔話にも花を咲かせ、マイクの子供は今何歳になっただとか、奥さんは元気かとか、そんな話題にまで広がっていく。

こんなにほのぼのした気持ちは久しぶりだ。

アンジュは微笑ましく思いながら、彼らの話にニコニコしながら耳を傾けていた。

「――そういえば、ラファエルが昔、この庭で泣いていたときがあったのよ」

と、にこやかに話をしていたシャーロットが、ふと思いだした様子で庭木に目を向けてそんなことを口にした。

ラファエルが泣いていた？

突然飛びだしたその話に、アンジュだけでなくマイクも目を丸くする。ラファエルの泣くところなど、見たことがなかったからだ。

驚く二人に、シャーロットは傍に立つ楓の木を見ながら目を細めた。

「そうなの。あれは確かあの子が船に乗る少し前だったわ。ちょうどこの辺りで項垂《うなだ》れていたのを見かけて声をかけたの。そうしたら、あの子、顔を涙でいっぱいにして〝男らしくなりたい〟って一言。……あれはなんだったのかしらね。泣いている理由を聞いても首を横に振るだけで、結局教えてくれなかったのよ」

「ラファエルが泣くなんてよほどのことだわ。何があったのかしら……」

「まあ、アンジュにもわからないことだったのね。てっきりあなたに関係することだと思っていたわ。なら、誰かにひどいことを言われたのかしら。普段そういうのはまったく気にしない子なのだけど」

不思議そうに首を傾げるシャーロットに、アンジュはドキッとした。

思い返してみてもアンジュにはそれらしき記憶はないが、ラファエルの泣きそうな顔なら見たことがあったからだ。

明日から船に乗ると告げに来たときと、翌日の別れのときだ。

シャーロットが見たラファエルと、アンジュが見たラファエルには何か共通点があるのだろうか。

だとしても、男らしくなりたいだなんて初めて聞くが……。

「アンジュッ!!」

皆で考え込んでいたそのとき、突然後ろから声をかけられた。

大きな声に驚いて振り向くと、噂のラファエル本人がなぜか顔を強張《こわば》らせ、こちらに駆け寄ってくるところだった。

「一人で出歩いちゃだめじゃないか」

「え？　出歩くってここは裏庭……」

「いいから戻ろう」

「ラファ…」

「部屋に戻ろう」

どういうわけかラファエルは珍しく怒っているようで、アンジュの手を摑むなり、ぐいぐいと屋敷のほうへ引っ張っていく。

アンジュは困惑しながらもそれについていこうとした。

だが、ラファエルに大股で歩かれると歩幅が合わず、足がもつれそうになってしまう。

「あ…っ!?」

身体がよろめいたが、傍にいたシャーロットが素早くアンジュを抱きとめてくれた。

ほっと息をつくと彼女はラファエルの腕を摑み取り、ぴしゃりと叱った。

「ラファエル、一緒に歩くなら相手を見なさい。今のあなたの一歩とアンジュの一歩はずいぶん違うのよ」

「……あ」

強い口調で言われ、ラファエルは我に返った様子で振り返った。

彼はそこで自分の強引さにも気づいたようで、「ごめん」と言って目を伏せたが、摑んだアンジュの手は放そうとしない。

それでも反省の気持ちは伝わってきたのだろう。その気持ちを汲み取ったシャーロットはラファエルから手を放した。

「困った子ねぇ。おおよそ、うたた寝でもしていて、目が覚めたらアンジュがいなくて慌ててしまったとかそんなところでしょう?」

「……かもしれません」

「それでよく二年も離れていられたものね」

「自分でもそう思います。……あ、そういえば、ここへ来るときに父上が母上を捜しているのを見たような」

「え? あぁっ! すっかり忘れていたわ! そうよ、旅行に行くんだわ。あとをお願いねってアンジュに言いに来ただけなのに私ったら……っ」

言われて思いだしたらしく、シャーロットは急に慌てだす。

彼女はちょっとうっかりしたところがあるので、本当に忘れて話に夢中になっていたのだろう。急いで門のほうへと走りだしたので、ラファエルとアンジュも見送りをしようと彼女を追いかけた。

「あら、見送りはいらないわ。あなたたちは中へ戻りなさい」

ところが、シャーロットは途中で立ち止まって二人を屋敷の中へと促す。

アンジュとラファエルが顔を見合わせていると、シャーロットは二人の前まで戻ってきて、それぞれの手をぎゅうっと握りしめた。

「本当にいいのよ。寂しくなっちゃうもの」

「ですが」

「それより、いつものように仲良くなさい。いいわね？」

彼女はそう言ってアンジュたちの手をもう一度握りしめる。

二人が頷くのを見て目を細め、「ごきげんよう」と微笑みを残し、まるで少女のように楽しげに走り去ってしまった。

その姿はすぐに小さくなって正門のほうへと消えていく。

ラファエルとアンジュはそれを黙って見送り、シャーロットが見えなくなっても、しばしその場に佇んでいた。

なんだかとても寂しい。

何日もかけて服や靴を選んだことや、食事のときの楽しい雰囲気を思いだして、しばらく二人に会えないと思うと、今生の別れでもないのに少しだけ涙が滲《にじ》んでしまう。

「そろそろ戻ろうか」

「……そうね」

程なくして、ラファエルに手を引かれた。

今度は強引に引っ張ったりせず、歩調もゆっくりと合わせてくれている。握った手も優しかったので、アンジュはほっとして彼を見上げた。

しかし、その横顔はどう見ても機嫌がよさそうではない。

驚くほど表情がなく、感傷に浸《ひた》っているという様子でもなかった。

——ラファエル、少し変だわ。

昼食をとって居間でうたた寝をする前はいつもどおりだったのに、アンジュがいない間に何かあったのだろうか。

気にはなったが声をかけづらい。

いつも笑顔ばかりの人が無表情になるとこんなに緊張するものだとは思いもせず、屋敷に戻るまで彼と一言も話すことができなかった。

＋　＋　＋

ラファエルの不機嫌は屋敷に戻ってからも続いていた。

アンジュの手を引いてまっすぐ寝室に向かった彼は部屋に足を踏み入れると、ぱっと手を放してソファにどかっと腰掛ける。その拍子に投げだされた彼の長い脚がテーブルの脚にガツッと当たったが、気にする素振りも見せなかった。

「……ラファエル？」

「あぁ、うん」

返事にならない返事をして、ラファエルは上着のボタンに手をかけた。

それをぞんざいに外しながらクラバットも器用に取り去り、脱いだ上着を斜め前のソファにぽんと投げる。下に着ていたベストも煩わしげに脱ぎ、同じように放り投げた。

「暑い、の…？」

「そうだね」

声をかけるが、ラファエルの反応はどこか素っ気なく適当だ。

そのままシャツのボタンを上から二つほど外すと、今度はもの言いたげな眼差しでこちらをじっと見つめてくる。

そんなふうに見られてもどうしていいかわからない。

薄着になった彼のどこを見ていいかわからず、アンジュははだけたシャツの隙間から見える肌にうろうろと視線を這わせてしまい、そんな自分にハッとして慌てて目を逸らした。

ラファエルはその様子を肘掛けに頬杖をついて無言で眺めている。

少し険しいその表情は、やはり機嫌が悪そうだった。

「私、何かラファエルの気に障《さわ》ることをしてしまったの？」

「……」

問いかけるも、ラファエルからの反応はない。

聞こえているはずなのに、むっつりして黙り込んだままだった。

これでは取りつく島もない。アンジュはだんだんと面倒になってしまい、窓のほうを向いてため息をついた。

「――俺以外の男と仲良くしてた」

「え…？」

沈黙が流れる部屋にラファエルの呟きがぽつりと響く。

驚いて視線を戻すと、彼はジトッとした眼差しでこちらを見ていた。

不機嫌なのはどうやら自分が原因だったみたいだ。

しかし、思い返してみても彼以外の男と仲良くした覚えがない……、と、そこまで考えて、アンジュは先ほどまで裏庭でマイクと一緒だったことを思いだした。

「まさか、マイクと話していたことを言っているの？」

「そうだよ」

「お義母さまも一緒だったわ。知っているでしょう？」

「その前は二人きりだった」

「わざわざ彼に会いに行ったわけじゃないわ。見かけたから挨拶のつもりで話しかけただけよ」

「でも、男だ」

「男って…、彼は私たちの両親と同じくらいの年よ？　それに小さな頃から知っている人だし世間話くらいするわ。ラファエルだってマイクに懐いてたじゃない」

「違う！　俺が言ってるのはそういうことじゃない。アンジュはさっきマイクの身体に自分から触ったんだ！」

「えぇっ!?　……あ、あぁ。それって肩についた枯れ葉を取ったこと？」

「そうだよ。他に何があるって言うの？」

「まさかそれを怒っていたと言うの？」

「そうだけど」

ラファエルは不愉快そうに眉根を寄せている。

アンジュはなんだか頭が痛くなってきた。

つまり彼はアンジュがマイクの肩についた楓の葉を取っているところを見て、慌てて屋敷から飛びだしてきたというのか？

「まるで浮気を疑っているみたいな言い方をするのね」

「君が俺以外の男と仲良くするのが嫌なんだ」

「そんなことを言ったら誰とも話せなくなるわ。この家にどれだけ男性の使用人がいると思っているの？」

「あぁ、レイモンドとなら気にならないかな。他の使用人も…、うん。特に何も思わない。とにかく、裏庭にはもう一人で行かないで」

なんなのそれは……。

それでは彼の気分次第ということじゃないか。

そんな勝手で横暴な理屈をラファエルが押しつけようとするとは思わなかった。

アンジュは腹立ちが収まらず、唇を噛み締める。色々な思いも膨れ上がってきて、このまま黙って聞いていられる気分ではなかった。

「え…？」

「だったら、ラファエルは女性の使用人とはこれから口を利かないって言うのね!?」

「使用人だけじゃないわ。外に出たときも相手が女性なら一切口を利いてはだめよ。話しかけられても無視をしてちょうだい。だって私、あなたが他の女性と話すのが嫌なんだもの。私がそう思ったら全部浮気だわ！」

「アンジュ？」

「どう？　無茶苦茶でしょう？　そんなの無理よ。守れるわけない。だけど、あなたが言っているのはそういうことよ」

「……アンジュがどうしても嫌だって言うならそうする」

「は!?　何を言っているの!?　こんな非現実的な話に適当に頷かないで！　大体、私のいない場所でのことなんて、あなたはいくらでも誤魔化せるじゃない！」

「誤魔化す……？　それは何の話？」

「べっ、別に、何の話もしてないわ！」

アンジュは顔を真っ赤にして、ぷいっと顔を背けた。

興奮したせいで嫌なことを思いだしてしまった。

そもそも浮気したとかしていないとか、彼に疑われたくない。

自分はどうなのだと詰め寄りたくなるが、今のラファエルとこれ以上言い合っても、まともな話になるとは思えない。アンジュ自身、ものすごく頭に血が上ってしまって、この気持ちをどう静めればいいのかわからなかった。

「アンジュ、どこへ行くの？」

「少し頭を冷やしてくるわ」

年上なのだから、もっと大人にならなければ……。

アンジュはぐっと気持ちを押し込めて扉に向かった。

「待ってよ！」

しかし、扉を開けた途端、ラファエルに腕を摑まれる。

アンジュは気にせず部屋を出ようとしたが、彼に後ろから抱きしめられてしまった。

「や、放して！」

「無理だよ。泣きそうな顔してるのに」

「気のせいよ」

「アンジュ、言いたいことがあるならはっきり口にして」

ラファエルは困惑した様子で問いかける。

なぜ彼のほうがそんな顔をするのだと憤り、アンジュはドアノブを摑む手に力を込めた。

「……だったら言うわ。今日は違う部屋で過ごさせて」

「どういうこと？」

「今日はあなたと離れて過ごしたいと言ってるの…ッ！」

「……少し…、落ち着いて話をしようか。……ほら、皆も心配してるよ」

「え？　――あ」

その言葉にハッとして、アンジュは周囲に目を向けた。

扉を開けて口論していたから、通りかかった使用人たちに見られてしまっている。

皆、驚いた様子で、そして、とても心配そうにこちらを窺っていた。

「皆に恥ずかしいところを見せてしまったね。ちゃんと仲直りするから心配しないで」

彼はアンジュを抱きしめたまま、その場にいた使用人たちに笑いかける。

人好きのするいつもの明るい笑顔だ。それで皆は単なる夫婦喧嘩《げんか》だと思ったらしい。ラファエルの言葉にほっとした様子を見せ、それぞれの持ち場に戻っていく。

ラファエルはそれを見届けると扉を閉め、アンジュを抱く腕に力を込めて内鍵をかけた。

「喧嘩はやめよう？」

「あ…っ」

甘い声音で首筋に口づけられ、アンジュは小さく肩を揺らす。

服の上からそっと胸を触られて、彼が何をしようとしているのかに気がつき、その腕の中で身を捩った。

「今はしたくない…っ」

「そんなこと言わないで。母上にも仲良くするように言われたばかりだよ」

「だからって、こういうことをしなくたって」

「俺がわがまま言ったから？　言いすぎたなら謝るから機嫌を直して。アンジュ、お願いだよ。違う部屋で過ごすなんて、そんな悲しいことを言わないで仲直りしよう？」

「んん…っ」

ラファエルはアンジュを抱き上げ、嫌がる唇を自身の唇で塞いでベッドに運ぶ。

舌先で上顎をなぞられて顔を背けようとすると、今度は強引に舌を捕らえられる。

組み敷かれた身体はベッドの上で波打ったが、のしかかられて逃げ場をなくし、その間にさらに激しく唇を求められた。

「アンジュ…ッ」

「ん、んぅ…っ、ま、待って。あぁ…っ」

絡められる彼の舌はいつになく執拗で息苦しい。

空気を求めてなんとか顔を背けると、離れた唇は間髪を容れず首筋に吸いつき、骨ばった大きな手で胸の膨らみを、円を描くように弄られた。

服の上からでも彼の手のひらの熱が伝わってきて、アンジュの口からは微かな喘ぎが漏れてしまう。それを耳にした彼は豊満な胸に頬を寄せ、左手は同じ動きを続けたまま、脇腹の感触を確かめていた右手を徐々に下肢のほうへと滑らせていった。

「あっ、あう…ん」

服越しとはいえ、お尻から太ももに向かって撫でられて、アンジュはビクビクと反応しながら先ほどより甘い喘ぎを口にしていた。

——私、どうしてこんなときまで感じてるの……？

嫌がっていたくせに、服の上から少し触れられただけで溶かされてしまう。

ラファエルの唇が、指先が、熱を持って動くたびに肌をざわめかせてしまう。

なんて淫らな身体になってしまったのだろう。初めてのときから毎日のように何度も身体を繋げているうちに、少し触れられるだけでこうなるようになってしまった。

「アンジュ、好きだよ……」

甘い囁きが頭の芯を刺激して、一層溶かされそうになる。

幼い頃から数え切れないほど言われてきたその言葉が今日は少し胸に痛かったけれど、触れられると切なさが募るのはいつもと同じだった。

「ん、はぁっ、あぁ…っ」

「朝より…、少し強張ってるね」

いつの間にかスカートの中に潜り込んでいた手でドロワーズの紐を解かれ、内股をくすぐりながら脱がされるだけで息が上がったが、それでも今朝起きてすぐに抱かれたときより反応が鈍かったようだ。ラファエルはアンジュの秘部に指を這わせて瞳を曇らせていた。

しかし、そこで止めようという気はないらしい。

彼は眉を寄せて身を起こすと、アンジュの脚を大きく左右に開かせ、何の迷いもなく身体の中心に顔を埋める。そのまま陰核にちゅっと口づけ、舌先を使ってぴちゃぴちゃと淫らな音を立てて秘部を舐め始めたのだった。

「ひあぁ…ッ！」

アンジュは背を反らし、甲高い嬌声を上げる。

同時に彼の指が膣口を軽く突き、さらなる刺激に身を捩らせた。

「いや、それはいやなのっ、ソコは舐めないでっ」

「どうして？　ほら、気持ちいいことしかしないよ？」

「あっあっ、でも、だめなの…ッ」

「アンジュのナカ、こんなに熱くなってるのに？」

「あぁう…ッ」

アンジュはポロポロと涙を零して首を横に振る。

これまでも口や舌を使ってこの場所を愛撫されたことはあったが、なんとか羞恥を押し込めて受け入れてきた。

けれど、今日は嫌だ。こんなところに顔を寄せられると、羞恥に堪えているうちに、快感に流されていつも途中から何もわからなくなってしまう。

そんなふうになりたくない。今日はこれ以上、流されたくない。

なのに敏感な芽をいたぶられ、その周りも丹念に舐められて、ぴちゃぴちゃと音が聞こえるだけでお腹の奥が切なくなってくる。いつの間にか入れられた指が内壁を擦り、中でバラバラに動くのが堪らなかった。

「や、やぁっ、ラファエル…ッ」

「アンジュ、舐めるの気持ちいい？　ナカがひくひくして、指をきゅうきゅうに締めつけてるよ。もしかして、もう終わっちゃいそう？」

「いやぁ…っ」

「大丈夫、いやじゃないよ。すぐにイッても可愛いだけだよ」

ラファエルは喋りながら器用に舌を動かし、刺激を与え続けていた。

指と一緒に長い舌も中へと潜り込ませ、ぐちゅぐちゅと音を立てて出し入れを繰り返し、入り口の小さな膨らみを唇で柔らかく挟んだりもしてくる。

「んっ、ぁっ、ああ…ッ」

アンジュは甘い声を上げながら、身を捩って快感から逃れようとした。

にもかかわらず、無意識に腰を揺らして彼の指や舌を締めつけ、強引に与えられた快感に身を捩ることとさえ忘れてしまう。そのうちに、身体の強張りなどすっかり解けて、他のことは考えられなくなっていった。

「あっ、あっあっ、も、だめ…ッ！」

間断なく続く刺激にアンジュは激しく悶える。

それが徐々に限界に近づき、ビリビリと全身を衝撃が突き抜けていく。

つま先をぴんと伸ばして内股を震わせ、いつしか身体中をびくびくと波打たせ、快感の渦から抜け出せなくなった。

「あ、あぁッ、あぁあ――…ッ！」

アンジュは大きく身体をくねらせ、悲鳴に似た嬌声を上げた。

なすすべもなく絶頂に打ち震える間もラファエルは動きを止めようとしない。

溢れ出る蜜はすぐさま舐め取られ、指で奥を刺激しながら突き出した舌先でもっともっととせがむように内壁を執拗に舐められた。

「あぁっ、はあ…っ、あぁ、あ…んっ、ぁ、はぁっ、あ……、ん」

全身をひくつかせ、アンジュは小刻みに息を弾ませる。

秘部への刺激はいつの間にか止まっていたが、快楽の波に繰り返し襲われてうまく息ができない。

衣擦れの音がして、宙に彷徨わせていた視線をラファエルに向けると、彼は身を起こしてシャツを脱いでいた。

あらわになった肌にドキッとして、アンジュは喉を鳴らす。

アンジュの視線に濡れた唇を綻ばせたラファエルは、性急な様子でトラウザーズの前を緩めてのしかかり、息が整っていないのも構わず唇にかぶりついてきた。

「ふぅ…っ、ん、ん」

「アンジュ…、服を脱ごうか」

「ん…」

快楽に陥落した身体はどこまでも容易い。

いつものキスの味とは違うと気づき、今まで彼が何をしていたのかを思いだしてアンジュはまた息を乱す。

ラファエルは秘部を舐めるのと同じ動きでアンジュの舌を舐めながら器用に背中のボタンを外し、アンダードレスと一緒にするすると服を脱がしていく。その手慣れた動きに抵抗する間もなく、呆気なく裸にされてしまった。

「何度見ても綺麗だ……」

ラファエルは頬を上気させ、アンジュの裸体にうっとりと息をついている。

情欲に濡れた眼差しで柔らかな胸の膨らみを両手で揉みしだき、ぷっくりと主張する果実のような蕾《つぼみ》を甘噛みし、彼は忙しなく息を弾ませていた。

「もう、挿れるよ」

「は、あ…っ」

彼は返事を待たずにアンジュの腰を強く引き寄せると、しとどに濡れそぼった中心に興奮しきった自身の先端を押し当て、奥を目指して迷わず腰を進めた。

「ああ…ッ！」

アンジュは弓なりに背を反らし、彼の腕を摑んで爪を立てる。

まだ絶頂を迎えたばかりで、その強すぎる刺激に身を捩って逃げようとしたが、摑まれた腰をさらに引き寄せられてしまう。一気に最奥まで突き入れられ、彼の先端が奥に当たったまま、ぐるりと円を描くように中を掻き回された。

「やぁあ…っ」

「アンジュ、今日はもう動くよ」

「あぁ、ああっ」

いつもは身体を馴染ませてから動き始めるのに、間を置かずに始まった性急な抽送にアンジュはただ声を上げることしかできない。

その激しさに腰を引こうとしても、両脚ともラファエルの腕で抱えこまれているから逃げられない。苦しくてもがいていると、弱いところばかりを執拗に攻められるようになって、そのぶんだけ強烈な快感へと塗り替えられていく。

「アンジュ、アンジュ…ッ」

「ひぁ、あぁう…っ」

強すぎる刺激に追い詰められ、アンジュの身体は薄桃色に染まっていた。

ラファエルは劣情《れつじょう》を瞳に宿し、目についた場所からその肌に舌を這わせていく。

ふやけそうなほど乳房を舐め回し、鎖骨から首筋、肩から腕へと舌を這わせては、さらに興奮した様子でアンジュの身体をあちこち甘噛みして、忙しなく律動する。

その間も彼はアンジュの目からほとんど視線を外さない。食べ尽くされてしまうのではと思うほどの強い熱で追い詰められてクラクラしてくる。

時折大きく動く喉仏。

息を弾ませると胸板が前後して、割れた腹筋の形がその都度《つど》変わる。

動くたびに上腕の筋は浮き上がり、汗の粒が彼の額から流れ落ちていく。

その汗が顎を伝ってアンジュの胸に零れ落ちたが、そんなことさえ淫らに思えてしまい、中を行き交う彼の熱に激しく乱されていった。

「ん、ああ…ッ、ラファエル……ッ」

「……ッ、ココ、気持ちいいの？　すごい締めつけ。ちゃんと合ってるんだよね？」

「あッ、あっあっ」

内壁の敏感な場所を擦られて、アンジュはコクコクと頷き彼の首にしがみつく。

自らもラファエルの動きに合わせて腰を揺らして快感を求め始めると、彼は苦しげに息を乱してアンジュを掻き抱いた。

さまざまに角度を変えて腰を打ちつけられ、お腹の奥が熱く痺れて喉を反らす。全身を小刻みに揺さぶられるようになり、狂おしいほどの快感に急き立てられていった。

「やぁッ、そんなにされたら、私、また……ッ」

「ん…、いいよ。大丈夫…ッ。俺も、もう限界だから…っ」

「はっ、んっ、あっあっ、ラファエルッ！」

「アンジュ…ッ」

耳元にかかる熱い吐息に肌がざわめき、掠れた声で胸が締めつけられた。

熱を孕んだ眼差しに射貫《いぬ》かれながら、アンジュのつま先はぴんと伸び、お腹の奥にも力が入ってぶるぶると内股が震える。止むことのない激しい律動に限界まで押し上げられて、びくんと身体が波打った。

「あぁっ、あぁあっ、ん、あっ、あっ、あぁッ、あぁぁあ――……ッ！」

襲いくる快楽の波に攫われ、アンジュは苦しいほどの絶頂に喘ぐ。

中を行き交う強い熱を、もがきながら強く締めつけると、掠れた呻きが耳元で淫らに響き、一層密着するように腰を引き寄せられる。

ラファエルはそのまま自身を奥に留めてアンジュの身体を揺さぶり、己の腰を突き上げ、やがてぶるっと背筋を震わせた。

「――ッ」

彼はなおも腰を押しつけ、息を震わせながら精を吐き出す。

その熱を最奥で感じ、それで彼も絶頂に達したことがアンジュにもわかった。

「……ぁ、あ……っ、ん…、は…ッ」

絶頂の余韻は彼が律動を止めても続き、なかなか息が整わない。

喉をひくつかせ、アンジュは断続的に起こる痙攣《けいれん》に打ち震えていた。

程なくしてラファエルはわずかに身を起こし、目を潤ませながらアンジュの唇を塞ぐ。

「好きだよ。本当にアンジュが好きなんだ……」

「ん…ッ、んっ、んん」

苦しくて喘ぐと、彼は「ごめん」と小さく笑って頬や瞼に唇の場所を変え、少し息が落ち着いた頃を見計らって、もう一度唇にキスを落とした。

間近で目が合い、大きな手で頬を撫でられる。

その心地よさに吐息が漏れ、彼の手の上に自分の手を重ねた。

ラファエルはアンジュを抱きしめ動こうとしなかったが、しばらくして繋がりを解くと脱力した様子でベッドに横たわった。

「アンジュ、少し眠る？」

「……ん」

「……もう喧嘩なんてよそうね」

「……、……」

その囁きにどう答えたかは覚えていない。

遠ざかる意識の向こうで規則的な呼吸音が聞こえてきて、ラファエルも眠ったのだなと、そんなふうに思っただけだった。


——しかし、それから間もなくのこと。

実際には二、三十分ほど間を開け、アンジュはぱっちりと目を開けていた。

眠りに落ちる前に投げかけられた『喧嘩なんてよそうね』という言葉が頭に残り、腑に落ちない気持ちがふつふつと湧き上がって目が覚めてしまったのだ。

彼の言うことはもっともなのだが、理不尽な理屈を突きつけて喧嘩のきっかけを作ったのはラファエルのほうで、よくよく考えると彼はそれを撤回していないうえに、まともに理由を答えていなかった。

「……ッ」

アンジュはむくりと起き上がって隣に目を向ける。

すっきりした顔でスヤスヤと眠る姿に少しばかりイラッとして、わずかに頬を引きつらせた。

これではまるで、先ほどの口論を情交で解決されたみたいだ。

ラファエルは仲直りをしようと言って強引にアンジュを抱くことが多いが、まさか快感さえ与えておけば思いどおりになると、そんなふうに考えているのではないだろうか。

もしそうなら許せない。

女の身体を知り尽くしているみたいですごく嫌だ。

「……ッ、もういや……っ。最近こんなことを考えてばかり……」

アンジュはため息をついてベッドから下り、床に落ちた服や下着を拾っていく。

考えるたびに苛立つのに、それを口に出さないから鬱屈《うっくつ》した感情が溜まる一方だ。

だけど怖くて聞けない。

港に現れた若い女性。意味ありげなゴードンの言葉。

頭の中で、この二つを繋げようとしてしまう。

ラファエルが同じことを他の誰かともしていたらと、考えただけで気持ちが沈む。

この苛立ちは何だろう。どうしてこんなに腹が立って泣きたくなるのだろう。抑え込んで落ち着く感情ならそうしたいのに、日に日に苦しくなっていく。

「アンジュさま、どちらへ行かれるのですか？」

「ええ…」

服を着てすぐにアンジュは部屋を飛びだしていた。

途中、執事のレイモンドに話しかけられたが、目的があって動いているわけではなかったので、まともに答えられなかった。

追いかけてきそうな雰囲気を感じ、アンジュは咄嗟に近くの柱の陰に隠れる。少ししてレイモンドが廊下を通り過ぎるのを確認してから、ふらふらと屋敷を出て広い通りに向かった。そこで一旦足を止めて周囲を見渡し、目に留まった辻馬車に引き寄せられるように乗り込んだ。

「どちらまで？」

「え？　あ……」

何も考えずに乗り込んでしまったから、どこへ行けばいいのかわからない。

御者に聞かれて目を泳がせ、アンジュは通りの向こうを見つめた。

「あの…、隣町にあるメレディス家まで」

「メレディス…？　あぁ、男爵家のメレディスならわかるが、それで合ってるかい？」

「はい、そうです。お願いします」

答えると同時に御者は手綱を操り馬車が動きだす。

アンジュは通り過ぎる街並みをしばし目で追いかけていたが、少し疲れたので空を見上げてため息をついた。

知らず知らずのうちに出口のない迷路に迷い込んでしまった気分だ。

臆病でドロドロした醜《みにく》い感情から逃げ出すように、アンジュは自分の生まれた家へと馬車を走らせていた――。

第六章

「アンジュ、一体どうしたというの!?」

「何があったんだ？」

アーチボルド邸を出て約一時間後、アンジュは実家に戻っていた。

玄関ホールに足を踏み入れると、使用人から話を聞きつけた父ジェフと母クレアが心配そうに駆け寄ってくる。

つい一か月半前に嫁いだはずの娘が何の前触れもなく一人で戻ってきたことは、メレディス家の面々にとって驚き以外のなにものでもなかったに違いない。

けれど衝動的に戻ってきてしまったため、話せるほどの纏まった考えがあるわけでもなく、アンジュはどう答えればいいのかわからなかった。

「もしかして、ラファエルと喧嘩をしたの？」

「……っ」

「そうなのか？」

「それは……」

二人の追及にアンジュは俯き、口ごもる。

喧嘩はしたが、それが原因であの家を出てきたわけではない。

それでも事の詳細を言う気にはなれず、父の問いかけにぎこちなく頷いた。

「はい…。喧嘩をしてしまいました……」

「まぁ、家出するほど大きな喧嘩なの？　珍しいこともあるのね」

「アンジュ、何が原因かは知らないが、一方的に意見を言うのではだめだぞ。どんなに仲が良くても、相手を尊重する心を忘れてはいけないんだ」

「お父さま……」

もっともな意見で窘められ、アンジュは何も言えない。

それでも、一晩でいいから冷静に見つめ直す時間がほしかった。アーチボルド家では一人になる時間がほとんどないから、同じことをぐるぐる考えて答えが出ないのだ。

今は嘘をついてでも戻りたくないと、縋《すが》る思いで父を見上げた。

「お願いです、一晩だけここにいさせてください。情けないけれど、ラファエルと喧嘩をしたのは初めてで、どうしていいかわからないんです……。今夜だけ、それで頭を冷やして帰ります。彼とちゃんと話し合うためにも冷静になりたいんです」

「アンジュ……」

娘の必死な訴えに二人は顔を見合わせている。

息を詰めてその様子を見ていると、やがて父は諦めた様子で息をついた。

「……わかった。今夜は泊まっていきなさい」

「お父さま…っ」

「確か今日からカーティスとシャーロットは旅行だろう？　彼らがいれば無理にでも帰すところだが、ラファエルと二人きりだからなぁ。時間を置いたほうがいい場合もあるのは確かだ。それに日も暮れてきたのにアンジュ一人で帰すわけにはいかないよ。部屋はそのままにしてあるから、ゆっくりしていきなさい」

「ありがとうございます…ッ」

アンジュは父の言葉に感謝でいっぱいになった。

二人ともそれ以上の追及はせず、「仕方のない子だね」と笑ってアンジュの頭をぽんぽんと撫でる。久しぶりの温もりに感極まって思わず涙が滲んでしまった。

その後は自室へ向かい、アンジュはそこでようやく息をつくことができた。

小さな花の壁紙、暖炉も机も椅子も懐かしい。目に見えるすべてが少し前の自分に巻き戻してくれるようで、部屋の真ん中でぼんやりと立ち尽くしてしまう。

――コン、コン。

不意にノックの音がして、振り返ると同時に扉が開く。

返事を待たずに顔を覗かせたのは弟のロイだった。

「久しぶり。出戻りだって？」

「違うわ。今日だけよ」

「あ、そうなんだ」

もうロイにも話が伝わっているらしい。

苦笑を浮かべていると、ロイは当然のように部屋に入ってきた。

「びっくりしたよ。アンジュたちでも喧嘩するんだね。二人が怒ってるところなんてほとんど見たことないから想像できないな。一体何が原因で家出してきたの？」

「それは…」

机の傍にあった椅子を持ってきて、ロイは腰掛けながら首を傾げている。

相変わらずのんびりした話し方だが、彼なりに心配しているようだ。変わらぬ優しさに気持ちが緩んできて、アンジュはベッドに座ってロイと向き合った。

「その…、前にラファエルの噂を聞いたの……」

「……噂？」

「ええ、ラファエルが各地でずいぶん羽目を外しているらしいって……。海の男が奔放だとか、港々に愛人がいるとか」

「はぁッ!?　何それ！」

途端にロイは目を丸くして立ち上がり、身を乗りだす。

想像以上の大きな反応に、アンジュは慌てて首を横に振った。

「違うの、あくまで噂なのっ。私だって聞いたときはありえないって思ったのよ。最近まで、そんなこと忘れてたくらいだったんだから」

「最近まで？　って、どういうこと？　まさか浮気の証拠が出てきたとか？」

「ううん。そうじゃないけど、色々と思うところがあって……。彼が帰港した日にいた若い女性を覚えてる？　とても親しげに見えたのだけど…、彼女、たぶんラファエルを出迎えに来ていたのよね」

「ええ？　若い女性？　……いた…、かなぁ？　……ごめん。あのときは、ラファエルに背を越されたって騒いでたことしか覚えてない」

「あぁ、そうなの……」

言われてみれば、ロイはラファエルの周りでずいぶん騒いでいた。

背を越されたのがよほどショックだったのだろうが、久しぶりの親友との再会でそれしか覚えていないだなんて微笑ましいやら残念やらでちょっと複雑な気持ちだ。

しかし、ロイはアンジュが押し黙ったのを見て、これでは話が進まないと気づいたらしい。少しの間を置いて、取り繕うように問いかけてきた。

「えっと、その女性のことはラファエルに聞いてみた？」

「……ええ。前に聞いたときは、疑われるようなことは何もないって」

「ふーん。なら、何が問題なの？」

「う…、たとえば……、女性の扱いに妙に慣れていたりとか？」

「へえ、どんなふうに？」

「そっ、それは口では言えないことよ」

「ほほう」

「あとは、つまみ食いがどうのこうのって、変な話を聞いてしまって……」

「つまみ食いって、女の人をって意味で？　ラファエルが？」

「そういう流れの話だったわ」

「……」

問答を繰り返しているうちにロイは黙り込んでしまった。

椅子に座り直して腕を組み、「うーん」と唸っているが、その顔を見る限り今ひとつピンときていない様子だ。

やっぱり言わなければよかった。ロイにとってラファエルは大事な幼馴染みなのに、憶測で疑っているだなんて気分のいい話ではないはずだ。

だが、やや間を置いてからのロイの反応は、少しずれたものだった。

「……驚いたなあ。アンジュ、少し会わないうちに変わったね」

「え？」

「だって、ラファエルに向ける感情が前とまったく違うんだもん」

それは疑り深くなったとか、そういうことを言っているのだろうか。

それにしては感心した様子で頷いているのが気になるところだ。

意味を摑みかねていると、ロイはくすっと笑って話を続けた。

「まぁ、二年間も離れていたわけで、その間に何があったかわからないって不安になる気持ちはわかるよ。今のラファエル、女の人にすごく好かれそうだしね。……だけど、あのラファエルだよ？　そんなことあるかなぁ」

「どうして？」

「だって、ラファエルって幼い頃からアンジュに夢中だったじゃない。突き抜けすぎて尊敬しちゃうくらい」

「……？」

何を思いだしているのか、ロイは肩を揺らして笑っていた。

確かにとても好かれていたのはアンジュも知っている。だが、突き抜けすぎているとまで言われると、さすがに少し大げさな気がした。

「本当に人の心って不思議だよね。好きは好きでもラファエルとアンジュではどう見ても意味が違ってたのに、こんなに変わっちゃうんだ。想いの強さって侮《あなど》れないんだなぁ」

「……私、そんなに変わった？」

「すごく。だってアンジュ、前はラファエルを男として見てなかったでしょ？　どちらかというと、僕と同じ弟の枠《わく》に入れてた。それどころか、赤ちゃん扱いしてるときもあったよね」

「……っ」

鋭い指摘にアンジュはぐっと詰まってしまう。

そう言われると否定できない。婚約者という自覚はあったが、ラファエルを異性として見たことはなかったし、ずっと弟のような感覚で接していた。

だけどそれは、ラファエルも似たようなものだったはずだ。

そんな考えに気づいてか、ロイは首を横に振って、あっさりと否定する。

「ラファエルって昔からちゃんと男だよ？」

「えっ？」

「会えばべったりだし、甘え上手だから油断するのもわかる。小さな頃なんて、互いの家に泊まる日は必ずと言っていいほど一緒に眠りたいってアンジュにおねだりしてたよね。だけど、あれって実は結構な下心があったと思うんだ」

「下心…？」

「そうだよ。眠そうにして着替えを手伝ってもらったくせに、アンジュが自分の着替えを始めた途端に目を輝かせてたし、夜中に突然起きだしたと思えばアンジュの顔中にキスしてたり、ああ見えて抜け目がないというか姑息《こそく》というか……」

「ええっ!?」

びっくりして想像以上に声が出てしまい、アンジュは慌てて自分の口を押さえた。

けれど、自分の知るラファエルは天使のように純真無垢だったから、にわかに信じられない。ロイが嘘をついているとは言わないが、見間違いではと思ってしまう。

「あ、ひどい。何その疑いの眼差し！　アンジュって、ラファエルのことになるとホント目が曇るよね。言っておくけど、下心に気づいたのは僕だけじゃないからね。アンジュたちが一緒に寝るときには、僕も必ず一緒だったの覚えてる？　あれは父上の差し金でもあったんだから」

「え？　どうしてお父さまが……？」

「父上ってアンジュの前では物分かりのいい父親だけど、本当はすごい心配症なんだよ。ロイが見張ってるんだぞって、事あるごとに頼まれてたんだ。……まぁでも、ある程度大きくなったときに、結婚するまで一緒に眠るのはおあずけだって父上が直接ラファエルに言い聞かせてたみたいだけどね。清いままで結婚してほしいって親心だったんじゃないかな。……あぁ、それからラファエルのいない二年間も、父上はずっとヤキモキしてたんだよ。それでもアンジュの気持ちを和ませようとして、いつも呑気な振りをしてたんだ」

「お父さまが、そんな……」

アンジュは信じられない気持ちでロイを見つめた。

そんな父の姿は見たことがない。

いつものんびりとしていて、何も気にしていないのだと思っていた。

言われてみれば小さい頃、夜中に目が覚めたことは何度かあった。ただ、そんなときは必ずロイも起きていたから、二人で遊んでいたついでにアンジュにもイタズラを仕掛けていたのだと、その程度にしか思っていなかったのだ。

「ねぇ、アンジュ。僕だってラファエルが好きだよ。いいやつだし、ある意味すごく純粋だ。だけど、その純粋さはアンジュに向かうとびっくりするほど貪欲になるんだ。アンジュがわかってないのはそういうところじゃないかな」

「貪欲…？」

「ラファエルが昔こっそり教えてくれたことがあったんだ。僕はアンジュに好かれるためなら天使にだってなる。美味しそうに食べるのが可愛いって褒めてくれるなら、嫌いなものでも一日中食べてみせる。アンジュのためなら僕はなんでもするんだって、それはもうキラキラした目で……。あのときは僕もまだ小さくて、よくわかってなかったから、ただ聞いてただけだったけど、今思うとすごい執念だよ。それだけアンジュ中心で物事が回ってるなら、船に乗ったのも将来のためなんて建前で、実際は他に理由があるのかなって思っちゃうよ。別に二年間、アンジュを放っておいたわけじゃないと思うな。だって、出発する前に時々アンジュの様子を手紙で報告してほしいって、ラファエルは僕に頼んできたんだ。面倒で半年にいっぺんくらいにしてたら、報告が少ない、もっと詳細にくれって催促の手紙が来たくらいだし……。そりゃあラファエルだって男だし、絶対とは言えないけどさ。さすがに港々に愛人つくれるほど器用ではないんじゃないかな」

　ロイはそこまで一気に喋ると、ふぅ…と大きく息をつく。

　その顔は腹に溜まったものを吐き出したようですっきりしていたが、アンジュのほうは想像もしなかった話に二の句が継げない。

だけど、もしそれが事実なら、ラファエルはかなりの無理をしてアンジュに合わせてきたのではないだろうか。

好きは好きでもラファエルとアンジュでは意味が違っていたとロイは言った。

ならば弟のように赤ん坊のように可愛がり、理想どおりの愛らしさでいてくれるラファエルに甘えていたのは自分のほうかもしれない。

あの頃のアンジュには、婚約者という自覚が本当の意味で足りていなかったのだ。

──コン、コン。

呆然としていると、不意にノックする音がする。

アンジュはすぐに立ち上がろうとしたが、それより前に廊下から声がかかった。

「アンジュ、ラファエルが迎えに来ているのだけど……」

「えっ!?」

扉の向こうにいるのは母クレアだ。

まだここに来て一時間も経っていない。居場所も告げずに出てきたが、真っ先にここにやってきたとしか思えない早さだった。

「行ってみようよ」

「ロイ……」

ロイの言葉にアンジュは自身の手を握りしめる。

正直言って、ドロドロした嫌な気持ちが消えたわけではない。

わかったのは二年前までのラファエルのことで、離れていた間の彼が何を考えていたのか、そこでどんな変化があったのかは今もわからないままだ。

けれど、これではただ逃げているだけだ。

アンジュはロイの後押しに頷き、ラファエルの待つ一階へと向かったのだった。

＋　＋　＋

「アンジュ……ッ!」

母に連れられて、アンジュがロイと共に広間に足を踏み入れると、待ち構えたようにラファエルが駆け寄ってくる。

彼はアンジュの手を握りしめて大きく息をついているが、酷く青ざめた顔をしていて、その心の内が伝わってくるようだった。

「俺のわがまま、そんなに嫌だったんだね。ごめん。もうあんなこと言わない。だから一緒に帰ろう?」

「ラファエル……」

当然だが、彼はアンジュが家出した本当の理由を知らない。

目が覚めて隣に誰もいないと気づいたとき、裏庭へ行くなと命令したことを思い浮かべて彼はここまでやってきたのだろう。

ここまで話を大きくしておいて、これ以上一人で悶々としているべきではない。

とはいえ、ここで気持ちをぶつけるわけにはいかない。せめて二人きりになってから、彼にこの胸のわだかまりをぶつけてみようと心に決め、アンジュは前を向こうとした。

ところがその矢先、二人のやり取りを傍で見ていたロイが、何の気なしにぽろっと疑問を口にしてしまった。

「あれ？　アンジュって、ラファエルの浮気が原因で家出したんじゃないの？」

「えぇーッ!?」

この場にいた全員が一斉に声を上げたのは言うまでもない。

皆の視線が集中し、ロイはそこで自分の失言にようやく気づいたようだ。

「……ごめん。今のなしで」

肩を竦め、ロイは誤魔化すようにへらっと笑う。

しかし、そんなものが通用するわけがない。これ以上話を大きくしたくなかったのに、とんでもないことになってしまったとアンジュは顔を引きつらせた。

「ア、アンジュ、浮気って…っ!?」

そのとき、手を握ったままでいたラファエルがさらに蒼白な顔を向ける。

だが、それを遮るように突然父が彼に摑みかかった。

「ラファエルッ、今の話はどういうことだ！」

「うわっ!?」

まさかそんな攻撃に遭うとは夢にも思わなかったらしい。

ラファエルは面食らった様子でそのまま壁に身体を叩きつけられてしまう。

「君は…ッ、う、う、浮気をしたのか…っ!?」

父はラファエルの襟首を摑み、声をひっくり返らせてなおも詰め寄る。

身長差のせいで詰め寄るほうが見上げているのは少々迫力に欠けるが、父が怒る姿を生まれて初めて見たアンジュには驚き以外のなにものでもなく、母やロイもアンジュと同じように目を丸くしてぽかんとしていた。

「おじ…、いえ義父上《ちちうえ》。少し落ち着いて話を……」

「ラファエル、酷いじゃないか！　私の娘のどこが不満だと言うんだ!?」

「そんな、不満なんて」

「アンジュは二年も帰ってこない君をずっと待っていたんだぞ!?　世間からはいつまでも嫁に行かないと変な目で見られるし、その間に求婚しに現れた男だっていた。それなのにこの子は不満を言うでもなく黙って君を待っていたんだ！　我が子ながらびっくりするほどのんびりしているよ。見ているこっちがヤキモキしたものだ。だが、よく考えてほしい。こんなにもおおらかに君を信じて待てる娘が他にいるだろうか!?」

「はいッ。いません!!」

「そうだろう!?　なのに浮気とはなんだ！　ラファエル、君はアンジュを裏切ってよそで女遊びをしているのか!?」

「ですからそれは……」

「しらを切らずに言いなさい！」

皆の前で繰り広げられる激しい攻防。

父はアンジュを褒めているのかわからない微妙な内容でラファエルを責め、ラファエルはそれに対して強く逆らわないという方法で守りに入っている。

その攻防は言葉に限ったことではなかった。ラファエルは襟首を摑まれながらも、父から距離を取ろうとして壁に押しつけられた身体をさり気なく横へ移動させている。

一方、頭に血が上ってそれに気づかない父はだんだんとつま先立ちになっていったが、ギリギリのところでバランスを保っていた。

しかしラファエルのほうは、手を出すことなくただ追い詰められ、反論の機会も与えられない一方的な状況だ。力任せに襟首を摑まれているから首が絞まり、時折ゴツッと拳が頬に当たっていた。

「お父さま、やめて！」

突然の父の激昂に驚いていたアンジュだったが、苦しげに顔を歪めるラファエルに気づいて我に返り、慌てて二人のもとへ駆け寄った。

「そうだよ、一旦落ち着こうよ！」

アンジュが二人の間に腕を挟むと、ほとんど同じタイミングでロイが父の肩を摑む。

思うことは姉弟同じようで、二人とも、父をラファエルから引き剝がそうとしていた。

「おまえたち、どうして止め…ッ、あぁあー…ッ!?」

「お父さま…っ！」

ところが、その直後に目を覆う事態が発生する。

つま先立ちでギリギリのバランスを保っていた父の身体がぐらりと傾き、足がつるっと滑ってしまったのだ。

アンジュとロイは手を出して支えようとしたものの、一瞬のことで間に合わない。

悲鳴を上げる二人だったが、そこで手を差し伸べたのは他でもないラファエルだった。

彼は父が頭から絨毯に突っ込みそうなところを、自らが下敷きとなって受け止めてくれたのだ。

「……ッ!?」

父は何が起こったのか理解していないのだろう。

呆然とした様子で息を弾ませ、ラファエルの腹に抱きついている。

「お父さま、大丈夫ですか!?」

「あ、ああ……」

アンジュの問いかけに父はハッとした様子で身を起こしたが、そこでラファエルを下敷きにしていることに気づいたようで、決まり悪そうにしていた。

とにかく怪我はしていないようでよかった。

アンジュはほっと息をつき、父が立ち上がるのをロイと二人で手伝っていたが、同時にラファエルが一人で身を起こそうとしていたため、父から離れて慌てて彼を支えた。

「大丈夫だから、そんな顔しなくていいよ」

どこか痛くしていないかと心配していると、彼は何事もなかったかのように笑う。

しかし、彼はすぐにその表情を引き締め、父の前にすっと立った。

「……義父上、話を聞いてください」

ラファエルに助けられた恰好となり、今の父に先ほどまでの勢いはない。

少し熱が冷めたことで、一方的な己の言動にも恥じ入るところがあったのだろう。

「俺にはアンジュだけです。他の女性に目を向けたことも誘いに応じたことも、一度だってありません。それだけは、どうか信じてください。……ただ、誤解を生じさせているなら、その要因を作ったのは俺なんだと思います。安心させられるだけの気持ちを伝えきれていないということですから……」

ラファエルは真摯に父の目を見つめ、静かな声ではっきりと疑惑を否定した。

隣にいたアンジュはそれにホッとしながらも、自分も彼を一方的に悪者にしていたことに気づき、その愚かな行動を恥じてスカートを皺になるほど握りしめる。

彼は結婚してから毎日のように『好きだ』『愛してる』と伝えてくれていた。

頻繁に身体を求められることに戸惑いはあったが、それでも、その過剰なほどの愛情表現を最初は疑っていなかったのだ。

それなのに、少しのきっかけですっかり目が曇ってしまった。

直接聞くでもなく悶々と一人で悩むばかりで、家出までして何をしているのだろう。

アンジュは、迎えに来てくれた彼に皆の前で恥を掻かせてしまったのだ。

「……あなた、もうやめましょう。これは私たちが口を出すべき問題ではないわ」

場が静まり返る中、沈黙を破ったのは母クレアだった。

皆の視線が自然と母に集まる。この騒ぎの間、彼女も驚いたりオロオロしたりはしていたが、特に口を挟むことなく、ただ話に耳を傾けていただけだった。

「どんなに仲が良くても、たまには喧嘩をすることだってあるわ。少しこんがらがってはいるようだけど、誤解なら二人でちゃんと話をして解決しなければいけないのよ。私たちは二人ではだめなときにだけ、差し伸べる手を持っていればいいんじゃないかしら」

母はアンジュとラファエルにそれぞれ目を向けると、宥めるように父の腕にそっと触れ、ふわりと笑いかけた。

父は無言で瞳を揺らしている。そのままわずかな沈黙が流れたが、父も同じようにラファエルとアンジュを交互に見つめると、「そうだな……」と微かに頷く。

父の返事に唇を綻ばせた母は、ラファエルの後ろで立ち尽くしていたアンジュの手をぎゅっと握りしめた。

「帰りなさい。どうすべきか、もうわかっているのでしょう?」

「……はい、お母さま」

「ラファエル、夫と娘が色々早とちりしてしまってごめんなさい。どこも痛くしていない？」

「ええ、大丈夫です」

「よかった。では、あとは任せていいかしら。どうぞこれからも娘をよろしくお願いします」

それにラファエルが頷くと、母はにっこり笑ってアンジュの手を彼に差しだす。

その手を彼が掴んだのを見届け、母は二人の背中をトンと押して帰るように促した。

──お母さまのこんなに毅然とした姿を見たのは初めてだわ。

アンジュは振り返り、いつも父の横でニコニコしている母が強い眼差しで自分たちを送り出そうとする姿に驚くばかりだった。

今日は父と母の違う顔を一度に見せられた気分だ。

アンジュたちは言われるままに広間を出ていく。父とロイもついてこようとしていたが、母の無言の制止に遭い、部屋の前で別れることとなった。

「仲直りをしたら、また顔を見せに来なさい」

「はい」

「ラファエル。その…、乱暴な真似をして本当にすまなかった。頭に血が上ったとはいえ、ああいう一方的なのはよくないことだ」

「もう気にしないでください。少し驚きましたが、それ以上に義父上がアンジュを想う気持ちが伝わってきて、内心とても感動していたんです」

「……ッ！　こっ、懲りずにまた遊びにきてくれると嬉しい。いつか一緒に飲もうと思って、とっておきのワインを用意してあるんだ」

「はい、ぜひ」

父の言葉にラファエルは人懐こく笑い、小さく頭を下げて身を翻す。

彼の手に繋がれたアンジュも、両親と弟の温かな眼差しに見守られながら彼と一緒に出ていった。

屋敷を出ると外はすっかり日が沈んで真っ暗になっていた。

ラファエルが待たせていた馬車にランプの火が灯っていたため、それを頼りになんとか暗い道を進んでいく。

しかし、その途中でアンジュは彼の横顔が少し険しいことに気づいた。

皆の前では顔に出さなかったが、本当は怒っていたのかもしれない。

急に緊張して息をひそめていると、ラファエルは馬車の前でアンジュを振り返った。

「あのさ、アンジュはどうして俺が浮気したと思ったの？」

「……っ」

たぶん彼は二人きりになるまで聞きたいのを我慢していたのだ。

顔を覗き込まれて一瞬口を噤みかけたが、話し合うと決めたなら、まずは自分の気持ちを曝けだすべきだと思い、アンジュはラファエルに向き直った。

「この前、ゴードンさんが訪ねてきたとき、二人の会話を少し聞いてしまったの」

「……どんな内容だった？」

「その…、女性をつまみ食いするとか、そういった感じの話」

「あぁ……」

「それがきっかけで、あなたが帰港した日に見かけた女性をまた思いだしてしまったの。具体的なことはわからないけど、ラファエルが各地でずいぶん羽目を外してるって噂を前に聞いたこともあって…。思いだすうちに、初夜のときから色々手慣れていたとか、仲直りといって抱かれるのも身体で黙らせているみたいだと思ったりして、きっとそれは女の人に慣れているからだって……、そんなことまで考えてしまう自分も嫌で仕方なくて、気づいたら家を飛びだしていたの……」

言いながら、アンジュは自分の後ろ向きな考えに改めて辟易してしまう。

それをラファエルは黙って聞いていたが、気分のいい話であるはずがない。

少しして「わかった」とため息をつくと、彼は馬車の扉を開けた。

「アンジュ、先に中で待っていて」

「え…」

「すぐ戻る」

有無を言わさぬ雰囲気で、彼はアンジュを馬車の中へと促す。

その顔はほとんど表情がなく、昼間と同じ顔に見えた。

怒っているのだと思っておとなしく中へ入ると、すぐに扉が閉められて御者のほうへと足音が動く。

静かな中で御者とボソボソ話す様子が伝わってきたが内容は聞き取れない。程なくして話し声がやむとまた足音が近づき、馬車に入ってきた彼はアンジュの隣に座った。

「ラファエル、あの……」

「……」

謝罪しようとしたが彼が無表情だと気づき、アンジュは言葉を呑み込む。

そのうちに馬車が動き始めたが、ラファエルは終始固く口を閉ざしていて、話しかけることさえできなかった——。

＋　＋　＋

暗い夜道を馬車のランプが照らし、静けさに包まれた街に軽快な蹄《ひづめ》の音が響く。

アンジュは小窓から外の様子を眺めていたが、この暗さでは特に目を引くものはない。かといってラファエルとの会話もなく、沈黙に堪えるためには流れる景色を追いかけるしかなかった。

しかし、街中を抜けていく途中、アンジュは次第に違和感を抱き始める。

——この馬車、どこへ向かってるの？

昼と夜で景色が違って見えるのはままあることだが、ぽつりぽつりと見える灯りに目を凝らしても自分の知っている街並みとは明らかに違う。

庶民的な造りの建物ばかりが連なり、時折フラフラと歩く酔っ払いの姿が目を引く。

身なりのいい人間はほとんど見かけず、アンジュたちの乗った馬車は少し尻込みしてしまう雰囲気の場所を進んでいた。

「……え？」

そのとき、小さな揺れと共に馬車が止まった。

驚いて顔を上げると、ラファエルは何の躊躇《ちゅうちょ》もなく馬車から下りてしまう。

一人にされるのは嫌だと焦ったが、彼はすぐに中へ顔を覗かせてアンジュに手を差しだし、一緒に外に出るように促してきた。

「おいで」

「どこへ…行くの？」

「そんなに怖がらなくても大丈夫だよ」

戸惑いを感じたが、断るという選択肢はない。

アンジュはビクビクしながらラファエルの手を取って馬車を下り、周囲をぐるっと見回す。

やはり知らない場所だ。通りを歩く酔っ払いの一人がこちらを指差して何かを言っていたが、呂律が回っていないので聞き取れない。近づいてきたら絡まれる気がして、緊張で胸をドキドキさせながらアンジュはラファエルの手を握りしめた。

不意に、ギ…と車輪が軋《きし》む音にハッとして振り返る。

見れば自分たちを乗せてきた馬車が動きだしていて、突然の出来事にアンジュはわけがわからず立ち尽くした。

「くれぐれもお気をつけください」

「君もね。ここまでありがとう」

御者の言葉にラファエルはにこやかに手を振っている。

そのやり取りにアンジュはぽかんとした。引き止めることもせず、どうして笑顔で挨拶しているのか理解できなかった。

「アンジュ、こっちだよ」

「え…っ」

「大丈夫だって。知り合いがいるんだ」

「……知り合い？」

ラファエルは今いる通りの横道を指差してアンジュの手を引く。

その道もぽつりぽつりと灯りが点在していたが、やや道幅が狭くて腰がひける。

それでも知り合いという言葉が引っかかり、彼を見ると笑っていたので、恐怖心はあれど好奇心のほうが勝ってアンジュはおずおずと歩きだす。

一体どんな知り合いなのだろう。

それよりラファエルはもう怒っていないのだろうか。

あれこれ考えていると、やがて彼は一軒の店先で立ち止まり、ちらっとアンジュに目を向けた。

ここに入るというのだろうか。

扉には船の錨のマークのようなものが描かれてある。耳を澄ませると、中から賑やかな笑い声が聞こえてきて、夜なのにずいぶん活気があるようだ。

ラファエルは不思議そうな顔をするアンジュに目を細め、摑んだ手に少しだけ力を入れて木製の古びた扉を開けた。

「絶対に俺から離れないようにね」

足を踏み入れると同時に耳元で囁かれる。

その言葉に疑問を持ったが、意味を聞く前に店の中へと引っ張られ、アンジュはそこで目にした賑やかな店内に呆気にとられた。

中は思ったよりずっと広く、あちこちに設置されたテーブルで人々が豪快に酒を酌み交わし、至るところで楽しげな笑い声が上がっている。

見たところ、ほとんどが男性だ。カウンターの向こう側には店主らしき男が立ち、その後ろの棚には数多くの酒瓶が並んでいる。アンジュはそれを見て、ここが酒場だということをようやく理解した。

「ここに座ろう」

ラファエルはカウンター席の前で立ち止まり、アンジュに座るよう促す。

繋いだ手は放され、言われるままに座ろうとしたが、そこでふと疑問が生まれた。

「知り合いの方はどこに？」

「あぁ、放っといても寄ってくるから気にしなくていいよ。——あ、マスター、いつものをくれる？」

「わかりました。そちらの方はどうしますか？」

「私…？　あ、あの…、では彼と同じものを……」

それがどんなものかは知らないが、他に何を頼めばいいのかわからない。

同じにしておくのが無難だろうと思って答えると、店主は穏やかに頷き、二つのグラスを用意する。その様子をアンジュはしばし棒立ちになって眺めていたが、次第にざわつく店の様子に興味が移り、さり気なく振り返って辺りをぐるりと見回した。

「……っ」

気のせいか、周囲の視線をやけに強く感じる。

アンジュは肩をビクつかせて前を向き、平静を装ってサッと席に座った。

しかし、前を向いて数秒ほどでまた好奇心が頭をもたげてきて、そこかしこから聞こえる楽しそうな声に興味を引かれ、また後ろを向いた。

途端に指笛や口笛の音がピューピューと鳴り、店内が一層騒がしくなる。

何が起こったかわからずにいると、ふと目が合った男の一人が、ニヤつきながらこちらに近づいてきた。

彼がラファエルの知り合いだろうか。

そう思ってラファエルに声をかけようとしたが、その矢先にテーブル席にいた大男がぬっと立ち上がり、近づこうとするその男の前を塞いでしまった。

不穏な空気が流れるテーブル席。

男がどくように言うが、大男は頑《がん》として動かない。

ハラハラするアンジュだったが、大男がドン、と一歩前に足を踏み出すと相手の男はビクッと肩を震わせて、不貞腐《ふてくさ》れながらも元いた場所に戻っていく。一方で、大男は勝ち誇った様子でそれを鼻で笑い、肩で風を切りながらこちらに近づいてきた。

――どういうこと？　あの大きな人がラファエルの知り合いなの？

アンジュはくるくる変わる展開に困惑していた。

しかし、そこではたと気がつく。

よくよく見てみると、その大男の顔には見覚えがあったのだ。

彼はゴードンじゃないだろうか？

そうだ、間違いない。彼はこれまでに会った誰よりも変わった人だった。

「ねぇ、ラファ……」

「誰かと思ったらラファエルじゃねぇか！」

ところが、彼に話しかけようとした途端、唐突に違う方向から声がかかった。

目を向けると、酒瓶片手にやってきた無精髭《ぶしょうひげ》の若い男が、ラファエルの肩に腕を回して笑っていた。

「サム、相変わらず元気そうだね」

「おうよ！　ラファエルも相変わらず……、ていうか、今夜はまたずいぶんと小綺麗な恰好で来たなぁ。こんなしけたところに場違いだぞ？　おまけに女連れとは珍しい……」

無精髭の若い男――サムはラファエルの服を突いたり引っ張ったりしていたが、アンジュにチラッと目を向けると、ソワソワした様子で「誰だよ？」と耳打ちしている。

ラファエルは苦笑を浮かべて彼にアンジュを紹介しようとしたが、その前にこちらに向かっていたゴードンが自分たちの後ろにぬっと立ち、ラファエルにひっついたサムをべりっと引き剝がした。

「おわっ⁉」

「サム、気になるのはわかるが、もうちょっと上品にやれ。おまえらも聞き耳立てるにしちゃ近すぎだろ！」

ゴードンはサムを抱えたまま、ぐるっと周囲を見回した。

その動きを追いかけてアンジュも後ろを向くと、自分たちを取り囲むように十人ほどの男たちがゾロッと立っていたので、びっくりしてラファエルの腕をぎゅっと摑んだ。

「だって船長。近づかなきゃ話が聞こえねぇよ」

「やむを得ないよな」

「そうだそうだ」

口々に言い訳を並べる男たちは妙にがっしりとした体格をしていて、悪びれた様子が少しもない。

びくびくしながら彼らを見ていたアンジュだが、その彼らがゴードンを『船長』と呼んだことで、まさかと思いながらラファエルを振り返った。

「もしかして、この人たちはラファエルが乗っていた船の水夫さん…？」

「そう。で、ゴードンが船長なんだ。……と言っても、うちの船は何隻もあるし、あちこちで飲んでる人たちの中にも関係者がいるみたいだね。この酒場は彼らの溜まり場になってるんだ」

「まぁ、そうだったの」

ようやく話を理解して、アンジュは改めて男たちを見回す。

知り合いとは彼らのことだったのだ。先ほどラファエルが言った『放っといても寄ってくる』という言葉を思いだして吹き出しそうになる。あんまりな言い回しだが、この和気藹々とした雰囲気を見れば、それだけ仲が良いというのは容易に想像できることだった。

「ラファエル、まずはこいつらに彼女のことを紹介してやってくれねぇか？　好奇心が旺盛すぎてどうしようもねぇ」

「そうだね」

ため息混じりのゴードンに言われ、ラファエルは素直に頷く。

そうして取り囲む水夫たちに目を向け、彼はアンジュを皆に紹介した。

「彼女は妻のアンジュ。言ってなかった？　船から下りたら結婚するって」

「は、はじめまして。妻のアンジュです」

「……っ」

若干緊張しながら挨拶をすると、彼らはアンジュを凝視しながら一様にゴクリと喉を鳴らした。

ゴードンに挨拶したときと似たような反応に戸惑いを隠せない。

海の男は変わった人が多いのだろうかと不思議に思っていると、ラファエルはアンジュの肩に手を回してニヤリと笑った。

「触るのは禁止ね。匂いを嗅いだり、これ以上近づくのもだめだから」

「……まじかよ」

「なんだよサム。そんなびっくりした顔して、やっぱり俺の言うこと信じてなかったんだな」

「あぁくそ、まじか！　彼女がさんざっぱら自慢してた例のコレかよっ!?」

「羨ましいだろ？」

「そりゃそうだろ！　こ、こんな人をおまえェッ、毎晩好き放題できたら……っ」

「やめねぇか、馬鹿たれが！」

店内にゴツッと鈍い音が響く。

アンジュの戸惑いをよそに、サムが極まった様子を見せた途端、ゴードンが彼の頭頂部に拳を振り下ろしたのだ。

低く呻いたサムは涙目になって頭を押さえ、「冗談なのに…」と呟き、周りに笑われながら口を尖《とが》らせている。

あんなに変だと思ったゴードンが今日は普通に見えるから不思議だ。

アンジュは目の前のやり取りにぽかんとしていたが、ラファエルに目を向けると、とても優しい目をしていることに気がつく。それは自分の知らない二年間を垣間見たような気持ちにさせるもので、胸の奥がきゅっと切なくなった。

「よしっ！　せっかくだから、今夜は二人の結婚を祝して飲もうじゃねぇか！」

ゴードンの一言で皆が笑顔で頷く。

その後はさらに酒が入り、一層くだけた雰囲気になったのは言うまでもない。

いつの間にかカウンター近くにテーブルが寄せられ、水夫たちの自己紹介や得意な芸を見せてもらっているうちにアンジュも打ち解け、気づけば皆と一緒に笑っていた。

そのうちに自分語りや愚痴を零す者の話を聞いたりもしたが、途中からラファエルの働きについても話が及んでいく。

特にサムはラファエルとは一番年が近く、仲良くする機会が多かったようだ。

時々目を半開きにして酔いが回った口調で熱く語るサムの姿に、アンジュは終始丁寧に相槌《あいづち》を打って耳を傾けていた。

「――ってわけで、アンジュさん。初めてラファエルを見たとき、俺らも嘗められたもんだって思ったんすよぉ。あんな丸っこくて真っ白な肌の貴族の坊っちゃんに、何ができるんだって思うじゃないですかぁ」

「そうね」

アンジュはサムの話を頭に思い浮かべながら頷く。

以前、ラファエルが『最初はなかなか馴染めなかった』と言っていたのを思いだしたが、水夫たちから見れば貴族の道楽でやってきたとしか思えなかったのだろう。サムの視点で話を聞き、アンジュはようやく彼らの気持ちを理解した。

「ところがですよ！　こう見えてラファエルは根性があるんすよぉ。どうせ続かないって馬鹿にしてたのに、誰よりも早起きして掃除はするわ食事は作るわ……。下手でもいいから、できそうなことからやるって姿勢に皆の目が次第に変わってきて。慣れてくると、これが何作らせてもうまいのなんのって！　やっぱり舌が肥えてるからなんすかねぇ…。で、ですね。最初はろくに運べなかった積荷も、どんどん数をこなせるようになって、最後のほうには人を手伝うまでになったんすよぉ」

「そうなの」

「俺なんかにはわからねぇ難しい交渉ごととかも、結構任されてたみたいだし…。ラファエルは努力の男なんすよねぇ。だから俺らもラファエルが早く事業を継いでくれたらいいって密かに思ったりして…っ。へへ…。あ、そうそう、船長もこの間、そのことを直接本人に言いにアーチボルドの屋敷に行ったとかなんとか……」

「あぁ…、あれはそういうことだったのね」

「ま、大人の事情ってやつで、俺らもすぐには無理だってわかってるんすけどぉ」

サムは照れくさそうにはにかみ、ぽりぽり頭を掻いている。

周りを見ると他の水夫たちが大仰《おおぎょう》に頷いていて、ゴードンも目を閉じて頷いていた。

しかし、隣に座るラファエルは顔を背けている。

頬杖をついているのかと思いきや、その顔を自身の手で覆い隠していた。

よくよく見ると耳が真っ赤になっているので、照れているのかもしれない。

きっとこんな話になるとは思っていなかったのだろう。本人を前にひたすら褒められる展開に、どう反応していいかわからないみたいだった。

「そういえばラファエル。例の犯人な、今日捕まったんだよ。夕方に屋敷に行ったんだが不在だっていうからよ、明日にでもまた報告に行こうと思ってたんだ」

「えっ!?」

ところが、ふと思いだした様子で発したゴードンの言葉に、ラファエルは目を丸くして振り返る。

アンジュにはそれが何の話かわからなかったが、他の水夫も「そうだった」とざわめきだしたため、何か問題があったことは察した。

「俺が捕まえたんだぜ。夜明け前だったな。今度こそ犯人を見つけてやると思って船の中で待機してたら、暗闇の中で灯りも持たずにコソコソとやってきた犯人がロープを切り始めたんだ。船から飛びだしてきた俺を見たヤツの驚いた顔は傑作だったよ。逃げようとするからボッコボコにしてやったんだ」

「ホント、船長手加減しねぇからなぁ。皆が駆けつけたとき、犯人のヤツ〝もう逃げないから許してっ！〟って泣いてたし」

「おうよ、こっちは寝不足で大変だったんだ」

「ゴードン、それで犯人って誰だったんだ？」

彼らの話に割り込むようにラファエルは身を乗りだす。

それを見てゴードンは大きく頷き、酒瓶に残っていた酒を一気に飲み干した。

「それがなぁ……。最近職を失ったとかでな。全然知らないやつだったよ。むしゃくしゃしてたから、港中を見渡して一番景気のよさそうなところを狙ったんだとよ」

「……そう、だったのか」

「実際アーチボルドはこの辺りじゃ一番だからなぁ。最近じゃ長年の実績が認められて、王家専用の積荷も扱うようになったくらいだ。……だからといって、そんなのは逆恨みでしかない。人としてそんなふうに堕ちちゃいけねぇんだ」

ゴードンは若干苦い表情をして息をつく。

同じようにラファエルも苦い表情をしていたが、不意にアンジュの視線に気づいたようで事情を話してくれた。

「実を言うと、数か月前から港に係留している船のロープを、たびたび切断される被害に遭ってたんだ。船が流されそうになることもあって、このままだと信用問題になりかねなかった。そこでゴードンたちに犯人捜しをお願いしてたんだよ」

「まぁ…、そんな大変なことが起こっていたなんて……」

想像もしなかった話にアンジュは目を見開き、ゴードンたちを見回した。

それはさぞ眠れない夜を過ごしたことだろう。ラファエルだってすごく神妙な顔をしている。ずっと気にしていた証拠だ。四六時中アンジュの傍にいるだけでなく色々考えていたのだと知り、彼の違う一面を垣間見たような気分だった。

「なんにしても一件落着したんだ。これでよしとしようじゃないか」

「あぁ、本当に感謝してる。色々ありがとう」

「いいってことよ。俺だって船乗りの一人として船を大事に思ってるんだ。……あぁそうだ。ラファエル、帰るとき、ついでに港に寄ったらどうだ？　どうせだから船の中を案内してやれよ。犯人も捕まったことだし、アンジュさんを連れてっても安心だ」

「う、ん…。そうだなぁ……。ねぇアンジュ、船の中なんて見たい？」

「ええ、すごくっ！」

思わず身を乗りだして、アンジュは間髪を容れずに頷く。

それを聞いたゴードンが歯を見せて笑い、周りの水夫たちを振り返った。

「誰か、二人に馬車を用意してやれ。ラファエルが小遣いをはずんでくれるそうだ」

「ホントかよ⁉　はいっ、俺行きます！」

「じゃあ、そこの二人で行ってこい」

「俺も俺も！」

「よっしゃ！」

　小遣いにつられて何人も手を挙げたが、ゴードンに指名されたのは二人だった。

　彼らは上機嫌で酒場を出ていく。他の人たちは口では悔しがっているものの、どう見てもその顔は笑っている。強制的に小遣いを出させられることになったラファエルも笑っていて、皆の愉しげなやり取りにアンジュも思わず唇を綻ばせた。

「――ちょっとあんたたち、今日も来てたの？　もうこれで終わりにしなさいよ！」

　そんな和やかな雰囲気を気にすることなく、突然女の声が響く。

　アンジュは威勢のいいその声にぱっと顔を上げた。

　その女は酒を運びにやってきたらしい。先ほどまでは年配の女が注いで回っていたので、こんなに若い人もいたのかと少しびっくりした。

「ケイティ！　今夜は会えないと思ってたよ～！」

「あたしだって出るつもりなかったけど、ママが手伝えってうるさいのよ。それから何回も言ってるけど、あんたみたいな貧乏人はお呼びじゃないから！」

「相変わらず冷てえなぁ。俺たちの仲なのに……」

「あんたとはどんな仲でもないわよ」

　水夫の一人がその女性――ケイティに熱い視線を送っているが、彼女の対応は極めて冷

たい。

会話から察するに彼女はこの店の娘のようだが、酔っ払いの相手が心底面倒臭いといった様子だ。

だが、その横顔を見てアンジュは首を傾げる。

既視感というのだろうか。どこかで彼女を見たことがある気がしたのだ。

「あーッ！」

けれど、その答えに辿り着く前にケイティが突然声を上げた。

驚いて肩をビクつかせていると、彼女は踊るように駆けだし、今までと明らかに違う声色でラファエルに近づいてきたのだった。

「ラファエルさま、いらしてたんですね！　こうしてまたお会いできるなんて夢みたい！」

ケイティは猫なで声でラファエルの肩に強引にしなだれかかる。

別人と思えるほどの変わりようと、いきなりの展開にアンジュは固まってしまった。

「おっ、おいケイティ…、やめろって！　ラファエルばかり見てねぇで隣見ろ！」

「は？　なんでよ」

「なんでじゃねぇだろ。どう見たって今夜は女連れだろうが！　嫁さん紹介しに来たんだよ！」

「えっ、……えぇッ!?」

少し焦った様子で彼女を窘めたのはゴードンだった。

ケイティは慌ててアンジュに目を向けると、『まずい』という表情を浮かべ、勢いよくラファエルから離れた。

アンジュはすっと頭の芯が冷えていくのを感じながら、改めて彼女の顔を見上げる。

そこで既視感の正体を摑み、収まっていた胸のムカムカが再燃して頰がひくついた。

どおりで見たことがあったわけだ。

彼女は港でラファエルを出迎えたあの若い女性じゃないか。

まさかラファエルはこの酒場で彼女と仲良くしていたのだろうか？

アンジュは顔色一つ変えずにいるラファエルをじろっと睨んだ。

「やだ、まずいところに来ちゃったみたい」

「まずくしてんのはおまえだ。煙も立ってねぇのに引っ掻き回すな！」

「あはっ、ごめんなさい」

ゴードンに叱られ、ケイティはおどけた様子でぺろっと舌を出して謝罪した。

アンジュは眉を寄せ、無言でゴードンを見る。

やましいことを隠そうとして、彼女はこんな態度を取っているのか？

冗談なのかそうでないのか、事情に詳しそうなゴードンに無言で答えを求めると、彼はビクッと肩を揺らして両手を挙げ、ブンブンと首を横に振った。

「いやっ、そうじゃねぇんだ。聞いてくれ！　この女は金持ちの男なら誰でもいいんだよ。ラファエル以外にも何人も追っかけ回してるんだ。本当だ、嘘じゃねぇ!!」

　ゴードンは我が事のように必死で弁解している。

　彼がなぜそこまで焦るのかはわからないが、周りの水夫にも目を向けたところ、彼らも同じような表情でこくこくと頷いていた。

「アンジュさん、ほんとっすよ。船長は嘘ついてねぇっす！　なんてったって、この女の将来の夢は玉の輿《こし》なんだ」

「えっ？」

　援護するようにサムも口を挟んできたが、その内容にはさすがにびっくりしてしまう。

　ケイティに目を向けると、彼女はモジモジしながら照れくさそうに頷いた。

「驚くのもわかるっす！　けど、こういう女はあちこちにいるもんで、特に珍しい話じゃないんすよ。火遊び程度に遊んでく男だって、俺も山ほど知ってますし……」

「……山ほど、いるものなの？」

「あっ!?　ラファエルは違うっす！　どんな女に誘われても落ちないって有名だったんすから！」

「そうなのよね。ラファエルさまって話はしてくれるし笑ってもくれるんだけど、迫ろうとした途端サーッて波が引いてくというか……。心の扉をバッタンバッタン戸締まりしちゃう感じで。だからてっきり女に興味がないのかと思ってたわ」

「ケイティ、ややこしくなるから勝手に話に入ってくんな！　ていうか、そのわりにはしつこく迫ってたじゃねぇかよ」

「だって金持ちで見た目も好みの男なんて滅多にいないのよ！」

「……正直だなぁ、おまえ」

ケイティの言葉に、サムは脱力した様子で苦笑いを浮かべている。

周りを見ると、他の水夫たちもこれまた似たような反応だ。

さすがにこんなやり取りが嘘とは思えず、アンジュはホッと息をつく。

貴族の間でも玉の輿を狙うというのはそれなりに聞く話だ。どこの世界でも同じなのだと理解はしたが、ラファエルがそういった対象になり得ることを失念していたので、少しショックだった。

「ラファエルは婚約者のことで、しょっちゅうノロケてたっけな。天使だとか女神だとか力説しては頬を染めてよ。生まれたときから決まった相手がいるって聞いても俺にはピンとこねぇ環境だし、貴族ってのも大変だなぁって思ったもんだけど」

「そうっすよねー。船長なんて、あんまりラファエルが婚約者に幻想を抱いているもんだから心配しちゃって。現実の女を教えてやるなんて言って、色街に無理やり引っ張って行こうとしたり、女どもをけしかけて迫らせてみたり――」

「おっ、おいっ、サムてめぇ！」

「あ、やべ」

つるっと零したその話にゴードンは酒を吹き出し、ガタッと立ち上がった。

サムは慌てて口を押さえたが後の祭りだ。ハッとした様子でアンジュに目を移したゴードンは、「すまねぇ！」とパンと両手を合わせて謝罪した。

どうやら、先ほどケイティのことでやたら必死にラファエルを弁護していたのは、自身にやましい過去があったからのようだ。他の水夫も同様に焦っているので、皆で似たようなことをしていたのかもしれない。

「――ね、わかってくれた？　俺が潔白だってこと」

と、それまで話に加わってこなかったラファエルが、いつの間にかこちらに身体を向けてアンジュの腰にするっと腕を回す。

ちょっと拗ねた顔で見つめられ、アンジュは眉を下げて頷いた。

「本当にごめんなさい」

「ううん、信じてくれればそれでいいんだ」

「お、おい…。潔白ってなんだ？　まさか今夜は浮気を疑われてここに来たのか？」

「それもある」

「そ、そうだったのか……」

ゴードンは冷や汗を搔いて、かなり恐縮している。

しかし、今回の件で彼は別に悪くない。紛らわしい発言はあったものの、それを偶然立ち聞きしたアンジュがよからぬ方向に捉え、空回りしてしまっただけなのだ。

改めて馬鹿なことを考えた自分に呆れ、アンジュは皆を見回して目を細める。

おそらく、ラファエルが今夜ここに自分を連れてきたのは、身の潔白を証明するためだけではなかったのだろう。

ラファエルは彼らと共に生活した二年間が、きっととても楽しかったのだ。

だからそれがどんなものだったのかを伝えたかったのだろう。短いひとときだが、目の前の愉しい仲間たちと過ごしてみて、彼の意図を理解した気がした。

「――ラファエル、用意できたぞ！」

そのとき、酒場の扉が開いて声がかかる。

戻ってきたのは先ほど馬車を用意するために出ていったうちの一人だ。

「この時間によく手配できたね」

「小遣いぶんの仕事はしないとな。目印として通りに一人置いてきたから」

ラファエルのいるカウンターへまっすぐやってくると、彼は歯を見せて笑う。

どうやら、ここを出る時間がきたようだ。ラファエルの手を取りアンジュが立ち上がると、ゴードンも雰囲気を察して、身支度を整える自分たちの傍にやってきた。

「女連れなんだ。一応警戒して行けよ」

「わかってる。……あ、皆の飲み代は払っておくからいいよ。それと馬車を用意してくれた二人のぶんはゴードンに預けるから、あとで渡しておいてくれる？」

「お、おおっ、いいのか？　おい、おまえら、今夜はラファエルのおごりだ！」

ラファエルの言葉にゴードンは目を輝かせて後ろを振り返る。

すると水夫たちから一斉に歓声が上がり、盛大な拍手も湧き起こって場は異様な熱気に包まれた。

アンジュはラファエルと顔を見合わせて笑い、彼らに手を振ってそのまま酒場から出ていく。皆も手を振り、扉が閉まるその瞬間まで自分たちを笑顔で見送ってくれた。

いつかまた彼らと会いたい。

今度港に足を運んで、美味しいものでも差し入れよう。

これからのことを楽しみに思いながら、アンジュはラファエルに寄り添い、大通りに出るまでのやや狭い道を進んでいた。

「おぉーい！」

ところが、大通りまであと数歩のところで後方から声がする。

来た道を振り返ると、人影がぼんやりと見えた。その人影はやけにフラフラとしていたが、それが両手を振りながら千鳥足でやってきたサムだと気づいた途端アンジュたちは目を丸くした。

「サム、どうしたんだ？」

「あー、やっと追いついた…っ。船長が手伝ってこいって」

「手伝うって、そんなフラフラで？」

「フラフラなんてしてねぇって。……ってわけでアンジュさん、あと少しお伴《とも》するっす！

ささ、行きましょー！」

「え、ええ……」

追いついたサムはやけに上機嫌だった。

時々よろめきはするが、意外と足取りはしっかりしているようで、自分たちの前をずんずん進んでいく。大通りに出ると彼は停まっていた荷馬車に駆け寄り、何の躊躇もなく御者台に乗り込んでしまった。

そこには水夫の一人が佇んでいた。見張りのために立っていてくれたのだろうが、サムがいきなり乗り込んできたので、彼は少し驚いた顔をしている。

「おい、サム。何やってんだ」

「俺ぁ、お伴なんだよ。おまえは酒場に戻っていいぞ」

「いや、そのつもりだけど。あ、ラファエル、こいつも一緒でいいのか？」

「……うーん。適当なところで帰ってくれるんじゃないかな」

苦笑いを浮かべ、ラファエルは諦めたように息をつく。

それを見て水夫も苦笑いを浮かべたが、肩をぽんと叩いて「またな」と手を振り、アンジュにも笑いかけてから酒場へ戻っていった。

御者台ではサムが鼻歌を歌いながら待機している。

ラファエルの横顔を見上げると、アンジュの視線に気づいてこそっと耳打ちをされた。

「残念、二人きりになりたかったのに」

「そうね。だけど賑やかなのも楽しいわ」

「うん…。じゃあ行こうか。アンジュは後ろに乗って」

「わかったわ」

笑顔で頷くとアンジュは荷台に乗せられ、ラファエルは御者台のほうへと向かった。

酔っ払いに手綱は任せられないと思ってのことだろう。ラファエルは「サムは前方確認をよろしく」と人懐こい笑みを浮かべ、さり気なく手綱を奪うとサムを荷台へ向かわせ、自分が代わりに御者台に乗り込んだ。

「サム、アンジュに触るなよ」

「おう、任せろ！　匂いだってちょっとしか嗅いでない！」

「……この酔っ払いが」

ちなみにラファエルは少しも酔っていない。

彼が酒場で店主に頼んだ『いつもの』とは、単なる水だったのだ。

同じものを頼んだアンジュも水を飲んでいただけなので、まったく酔っていない。

ラファエルがそうやって周りに流されないように自衛してきたのも、今日わかったことの一つだった。

「しゅっぱーつ」

気の抜けたサムの声が夜空に響く。

アンジュは吹き抜ける風を心地よく感じながら、港に着くまでの間、ラファエルの背中をずっと見つめていた――。

第七章

ほとんど灯りのない夜の港に、打ち寄せる波の音がやけに大きく響いていた。

潮風がアンジュの長い髪を揺らし、少し寒く感じて小さく震える。

「アンジュさーん、ちょっと待っててくださいねーっ！」

桟橋の向こうから聞こえるのはサムの声だ。

小さなランプの灯りに目を凝らすと、両手を大きく振っているのが見える。アンジュも手を振り返し、黙々と動くラファエルを目で追いかけた。

馬車を走らせたのは十分ほどだった。

港に着くとラファエルとサムはすぐさま停泊中の船が並ぶ桟橋へ向かい、中へ入るための準備を始めたが、その間、アンジュにできることはなく、馬車の荷台で待っているように言われたので、こうして作業が終わるのをおとなしく待っている。

船から桟橋へ道板をかけるラファエルの手際は、遠目でもわかるほど慣れたものだ。

サムのほうはその補助をしているが、酔っていても普段からやっていることはできるものらしい。道板をかけた途端、軽快な足取りで船に乗り込み、サムは見る間に姿を消してしまった。

ラファエルはそれを気にする素振りもなく、汚れた手や服を軽く叩いて払うと、アンジュの待つ馬車へと戻ってきた。

「もう中へ入ってもいいの？」

「いいよ」

「ところで、サムは何をしに？」

「なんだろうね。手伝ってくれたおかげで早く準備ができたけど、あいつが張り切る意味が俺にもわからないよ」

「なんていうか…、面白い人よね。お酒が入ってるせいかしら」

「いや、普段からわりとあんな感じだよ」

ラファエルはアンジュに手を差しだしながら、苦笑いを浮かべる。

アンジュはくすくす笑い、荷台から下りて彼と共に桟橋へ向かった。

「おーい、おーい」

「はいはい、今行くよ。――アンジュ、ちょっと抱き上げるからね」

「あっ」

船の上から手を振るサムを適当にあしらいつつ、ラファエルはひょいとアンジュを抱き上げ、スタスタと道板を渡る。

アンジュはその力強い腕に今さらながらどきどきしてしまう。彼の息遣いや触れた部分の体温ばかりが気になって、甲板で下ろされるまで顔を上げるのが照れくさかった。

「アンジュさーん。これ、よかったらどうぞ！」

船の上に着くとすかさずサムが駆け寄ってきて、抱えていた毛布を渡される。

受け取ろうとしたが、ラファエルが横からサッと手を出して受け取ってしまった。

「あ、ありがとう」

手持ち無沙汰になりつつ礼を言うと、サムは嬉しそうに顔を崩して笑う。

「いいなぁ。俺もイイ人、ほしいなぁ」

「サム、やけに素直だな」

「へへっ、ちょっと当てられたかな。……おっと、邪魔者はそろそろ退散するか！　長く居座るような野暮はしねぇよ。じゃあな、ラファエル！　アンジュさんもまたッ！」

サムは頬をぽりぽり掻いてはにかんでいたが、ぱちんと自身の頬を叩き、気持ちを切り替えた様子で身を翻した。

ラファエルとアンジュはランプを持って手を振りながら道板を渡る無邪気な姿を甲板から見守り、無事に桟橋に下りたのを確認してほっと胸を撫でおろす。慣れているといっても、酔っているので途中で落ちやしないかと心配だったのだ。

ところが、サムは桟橋に下り立つや否や、宙を仰いできょろきょろし始める。

何かあったのかと疑問に思い、ラファエルが甲板から身を乗りだした。

「どうかしたのか？」

サムはきょとんとした様子で首を傾げていたが、声をかけられるとすぐに笑顔に戻ってまた両手を振った。

「いや、なんでもねぇ！　あっ、そうだそうだ。船長から伝言あったの忘れてた！」

「ゴードンから？」

「おう！　ちょっと長いけど、よーく聞けよ！」

「わかった」

「〝喧嘩したときは、たっぷりベッドで愛し合うのが仲直りの秘訣だってあれほど教えたのに何やってんだ！　結婚祝いに贈った例の小瓶はどうした。まだあるなら、すぐにでもあれを使え！〟だってよー！　……あっ、ラファエルだけにコッソリ伝えろって言われたんだった！」

「……！」

「ま、いっか。てなわけで、今度こそ、じゃあなーッ！」

今が夜で、他に誰もいなくてよかった。

最後にとんでもない言葉を残して陽気に去っていくサムを見送り、アンジュはがくりと肩を落とした。

――そういうことだったのね……。

ようやく日頃のラファエルの行動に納得がいった気分だった。

少し顔が怒っているとか、些細な変化を見つけては『仲直り』と言って彼はアンジュを組み敷くが、あれはたぶんゴードンの教えを実践していたのだ。やたらと楽しそうだったのと、必要以上に組み敷かれていたことを考えると、ほとんどがこじつけだったのだろうけれど。

そして例の小瓶とは、おそらく……。

「ゴードンさんからもらった例の小瓶って、初夜に使ったあれのことよね」

「……そう、だったかなぁ」

とぼけているが、まず間違いない。

ラファエルは気まずそうに目を逸らして、サムが持ってきた毛布を摑んだり引っ張ったりしている。そんな彼の様子を窺い、アンジュはおそるおそる問いかけた。

「あれの中身ってなんだったの……？」

彼はぴくりと瞼を震わせ、素早く瞬きをする。

すぐに答えないのが少し怖い。ラファエルはやや俯き加減になって毛布を抱え直し、数秒ほど間を空けてからぽつりと呟いた。

「……潤滑剤、みたいなもの？」

「あ、あぁ、なるほど」

アンジュはぎこちなく頷き、曖昧な笑みを浮かべる。

確か『アンジュを気持ちよくする魔法の液体』などと張り切って言っていた覚えがあるのだが、記憶違いだろうか。

「今夜は風が強いなぁ」

それ以上食い下がらずにいると、少しとぼけた口調でラファエルが空を見上げた。

誤魔化そうとする意図を感じたが、いつまでもこんな話を引っ張る気もなかった。

過ぎたことだと言い聞かせ、びゅうっと音を立てて吹き抜ける風に身を縮ませる。乱れた自身の髪を押さえ、アンジュは何気なく桟橋の向こうに目を向けてハッとした。

「……ねぇ、ラファエル。私たちの馬車が動いているように見えるのだけど」

「えっ!?」

アンジュが指差すと、ラファエルは驚いて甲板から身を乗りだす。

見間違いではないだろう。馬車のランプが点灯していて、その灯りが小さく揺れながら通りのほうへ向かっていた。

「本当だ……。サムのやつ、想像以上に酔ってるな」

「心配だわ。無事に帰れるかしら」

「……あとで確認しておく」

ラファエルはため息をつき、持っていた毛布を下に置く。

それを被って夜空でも眺めるのかと思ったが違うらしい。彼は自身の上着を脱ぎ、それをアンジュの肩に掛けてから、また毛布を抱えて身を翻した。

「帰る手段がなくなってしまったし、とりあえず中に入ろうか……。本当は甲板を少し歩く程度にしようと思ってたけど、ちょっと今日は風が冷たいからね。馬車の手配は朝になってからでいいかな？　さすがにもうどこも引き受けてくれないと思うんだ」

「それは別に構わないわ。だけど、これではあなたが寒いでしょう？　せっかくサムが毛布を用意してくれたのだから、私はそれを使うわ」

「これはだめ。使うなら別のを用意する」

「どうして？」

「端のほうに見覚えのある刺繍があるから、たぶんサムのやつだ。あいつ、あとで匂いを嗅ぐつもりなんだよ……」

「えぇっ!?」

アンジュは目を丸くして、若干顔を引きつらせる。

そんな話は何回かしていたが、どうしてそこまで人の匂いを嗅ぎたがるのだろう。

やはり海の男は変わった人が多いようだと、アンジュの中でそんな固定観念が生まれてしまいそうだった。

「そういうわけで、この毛布は元に戻すよ。上着はあとで適当なのを見つけるから気にしないで。あ、足元に気をつけてね。俺の腕に掴まって歩くといいよ」

「わかったわ」

月明かりの下、アンジュはラファエルの腕に掴まって昇降口へ進む。

そこかしこに置かれた樽やロープに目を移し、おぼろげな月明かりを頼りに暗い階段を一歩ずつ下っていく。

やがて下の階層に足を踏み入れたが、暗くて周りがよく見えない。

ラファエルはここで待つように言ってアンジュの傍を離れ、ランプを取りに行った。

少し離れた場所で火打ち石の乾いた音が数回響くと、間を置いて彼の周りがぱっと明るくなる。そのランプの灯りを目指し、アンジュは足元に注意を払いながら彼の傍に向かい、改めて周囲に目を凝らした。

「ここは砲列甲板。皆の寝室にもなってる場所だよ。そこかしこにぶら下がってる変な形の……、あれはハンモックっていうんだけど、ベッドのようなものなんだ」

「あれがベッド…？」

「見た目は変わってるけど意外によく眠れるよ。船が揺れると一緒に揺れるんだ。こうやってね」

アンジュはあちこちに掛かるハンモックに目を凝らす。

見ただけではどうやって寝るのかなかなか想像がつかなかったが、ラファエルが近場のハンモックをゆらゆら揺らしたので、夢中になってその動きを目で追いかけた。

「ロイにはやっぱり無理そうね。あの子、船酔いするもの」

「そうかも。だけど、アンジュは平気だったよね」

「ええ、まったく酔わないわ」

アンジュは胸を張って笑顔で頷き、何気なく周囲のものに目を移す。

生活感の滲んだ雑多な空間には、木材で一応の仕切りが作られているようだ。

その中にハンモックが一つずつ設置され、仕切りごとにランプが掛けられているので、それが各自に割り当てられた部屋になっているのだろう。洗濯物が干しっぱなしだったり、ハンモックから毛布がだらんと下がって今にも床につきそうだったりと、共同生活を窺えるものがそこかしこに散見された。

ラファエルはその仕切りの一つに近づくと、持っていた毛布をハンモックにひょいと掛ける。そこがサムの場所というのは、言われずとも想像できた。

「どうせだから、こっちも行ってみようか」

「ええ」

その後、彼の案内でアンジュはさらに下層へ向かった。

厨房や砲弾庫、帆布を置く場所や船倉など、目にするすべてが物珍しい。

砲弾があるのはごく稀《まれ》に海賊に襲われることがあるからだ。ラファエルがこの船に乗っている間は一度もなかったようだが、そういったときのためにこの船は反撃ができる仕様になっている。

ラファエルはアンジュに中を案内しながら、船での生活についても話してくれた。

その話をしている間、彼の表情はとても生き生きしていた。どれだけ意義深い時をここで過ごしていたのか、どれだけ多くのことをこの場所で学んできたのかが想像できるようだった。

「――ねぇ、アンジュ」

「なぁに？」

ひととおり船の中を回り終えた二人は、再び上層に戻っていた。

以前ラファエルが使っていた場所は今も誰も使っていないようで、二人はハンモックの傍にある木箱に肩を寄せ合って座っている。

ここに来てから、どれだけの時間が経ったのかはもうわからない。

まだ外は風が強いのだろう。じっとしていると、あちこちにぶら下がるハンモックがゆらゆらしているのがわかり、船の揺れもはっきりと感じ取れた。

「……本当は俺、まだ話してないことがあるんだ」

「え？」

突然切り出された話にアンジュは驚いて顔を上げる。

彼の横顔を見つめるが、俯いた頰に髪がかかってその表情はよく見えない。

「俺が家を離れた本当の理由のこと……。前に聞かれたことがあったけど、あのときは、はぐらかしてちゃんと答えなかった」

「……ッ！　じゃあ、やっぱり将来のためとは違う理由が？」

アンジュは腰を浮かせてラファエルの顔を覗き込む。

シャーロットやロイの話を聞いて改めて疑問に思い始めていたところだったので、『やっぱり』という気持ちはあったが、さすがにはぐらかされたとは思っていなかった。

「もちろんすごく勉強になった二年間だった。出会った人たちから学んだこともたくさんある。いずれ事業を継いだ暁には、この経験が必ず役に立つと思う。……だけど、他の水夫と同等のことをする必要があったのかと問われると正直言って言葉に詰まる。長く戻らないことをアンジュの父上がヤキモキするのも当然だ。……それでも、俺にとっては必要な時間だった。自分で納得するまではアンジュの前に姿を見せられなかったんだ」

そう言って、ラファエルはアンジュの手を握りしめる。

――自分で納得するまでは……？

どういうことかわからず、摑まれた手に視線を落としてアンジュは考え込む。

頭に浮かぶのは二年前の泣きそうな顔を浮かべたラファエルだった。

「……私ね、あなたが船に乗る少し前に、いつもと様子が違っていたときがあったことを覚えているの。話していてもどこか上の空だったり、普段はお腹いっぱい食べるのに半分以上残したり…。そのときはすぐに忘れてしまったけど、あとになって悩みがあったのかもしれないと気づいたの。だって旅立つとき、あなたは泣きそうな顔をしていた」

「アンジュ……」

「やっぱり私、気づかないうちにあなたに避けられるような、何か酷いことをしてしまったのでしょう？　あなたはずっと私に納得できない思いを抱えていたんじゃない？　それを消化するのに二年もかかったんじゃ……」

「それは違う！」

途中まで彼は黙って聞いていたが、アンジュが疑問を口にした途端、それを力いっぱい否定した。

「でも……」

「本当に違うんだよ。俺だってできることなら会いたかった。帰ってきた日にもそれは言ったけど、あの言葉に嘘はないんだ。アンジュはいつだって優しかったじゃないか。酷いことなんてするわけないだろ？　不安にさせたのも浮気を疑わせたのも、ろくに話もしないで離れた俺に原因があるんだから自分を責める必要なんてないんだよ」

彼はアンジュに言い聞かせ、握りしめた手にぐっと力を込める。

――だったら会わなかった理由は何？

納得できずにいると、彼はぼんやり光るランプの灯りに目を向けてぽつりと呟いた。

「初めて感じた敗北だったんだよ……」

「え？　……敗北？」

「うん…。自分で言うのもなんだけど、俺ってすごく恵まれてるんだ。両親も生まれた家も大好きだし、四歳上の婚約者は運命の人だとずっと思ってた。物心ついた頃には、アンジュはとっくに俺の一番大切な女の人で、早く結婚したいってそれしか頭になかったよ。悩みなんてあるわけがない。俺はただただ幸せだった。……だけど、あるとき気がついたんだ。俺の好きとアンジュの好きの意味が違っていたことに」

「……っ」

アンジュはドキッとして自分の胸を押さえる。

それはまさに今日、ロイにも言われたことだった。

まさかそれが原因だったのかと顔を曇らせていると、彼はアンジュの腰にそっと腕を回して遠くを見るような眼差しを浮かべた。

「あれは二年前の、アンジュたちが家族でうちに遊びにきた日だった。大人たちはいつものようにお喋りに夢中で、アンジュとロイと俺はぽかぽかした陽気につられて裏庭を散策してたんだ。そのうちにロイが子供みたいに突然木登りを始めてさ。なんだと思ってたら、その木の上でマイクが枝の剪定《せんてい》をしてたんだ。マイクには小さな頃から時々遊んでもらってたし、あのときもそのつもりだったんだと思う。ロイも剪定を手伝うってわがままを言いだして、マイクを困らせながら枝切り鋏で愉しそうに葉を刻んでた。アンジュと俺はその様子に呆れながら木の根元から見てたんだけど、パラパラと落ちてきた細かい葉の欠片がアンジュの目に入ってしまったんだ。痛みで涙が出て止まらないし、目も開かなくなって……。それに驚いたマイクがロイを背負ってするすると木を下りてきて、そのままアンジュを抱き上げて一目散に屋敷へ走っていった。もちろん、その後は目を洗ってもらっていたんだと思う。裏庭に一人残された俺が追いついたとき、アンジュはまだ涙目だったけど、もう大丈夫そうだった。……だけど、俺はそのときに見てしまったんだ。マイクの腕や胸元をチラチラ見ては、アンジュが頬を赤らめるところを」

「えっ⁉」

頭に描きながら話を聞いていたが、思わぬ展開にアンジュは声を上げた。

――そ、そんなことがあったかしら……っ⁉

慌てて記憶を辿ったものの、その出来事をアンジュはよく思いだせない。

自分の中でそれほど大きなことではなかったからだとは思うが、本当にマイクを見て頬を染めたのだろうか。

焦るアンジュの腰を引き寄せ、ラファエルはその先を続けた。

「もしかしたら、アンジュはマイクが好きなのかもしれない……。そう思った俺はそれから注意深くアンジュの視線を追いかけるようになった。そうしたら、ある法則に則ってアンジュの目が釘付けになる瞬間を見つけたんだ」

「ど、どんな？」

「たとえば、束ねた枝を抱える二の腕とか、梯子《はしご》の上で作業する背中や歩くごとに動くお尻――。やけに部分的に見ているから、最初はその意味がわからなかった。だけど、俺はそんなふうに見つめられたことがない。そう考えたらすぐにピンときたんだ。マイクはすごく体格がいい。どこかを動かせば鍛えられた筋肉が躍動《やくどう》する。そうか、アンジュは逞しい男が好きなんだ。だから自分を軽々と抱き上げた腕や胸板を見て頬を染めたんだって」

「……っ」

「俺はすっかり途方に暮れてしまった。だって、俺の身体のどこにも男らしい部分なんてない。上から下までどこもかしこもぷよぷよで木登りもできやしない。美味しそうに食べる姿が可愛いとアンジュに褒められるのが嬉しくて、身体も動かさないくせにぱくぱく食べてただけのなまけものだった。このままじゃ男として認めてもらえない。鏡で並んだ姿を見てもびっくりするほどアンジュと釣り合ってなかった。そんなことにも気づかず、アンジュの好みさえ把握してなかったなんて最悪だ……。だけど、そのとき俺は思いだしたんだ。以前父上たちと船に乗った際に、水夫たちがとても強そうに見えたことを——。これしかない。そう思った俺はすぐに父上のもとへ走った。本当の目的はあまりに個人的すぎるからさすがに言えなくて、将来のために勉強がしたいと頼み込んだら父上は感動してたけど、やっぱりちょっと罪悪感はあった。すぐに帰る気もまったくなかったしね」

そこまで言うと、ラファエルは大きく息をついて苦笑を浮かべた。

しかし、想像もつかない理由だったことにアンジュは相槌も打てない。

おまけに逞しい男が好きだなんて、自分では考えたこともない話だ。

だとしても、ラファエルの目にはそう映ったわけで、そんなにも人の身体をジロジロ見ていたというなら相当恥ずかしい行動だ。

「じ、じゃあ…、裏庭に行かないでって言ったのは、マイクのことを気にして？」

「そうだよ。仲良く話してるのを見て嫉妬したんだ」

「でも…、マイクを異性として好きだなんて思ったことはないわ」

「それはわかってる。だけど目を引く相手っていうのは、それだけで俺には驚異なんだ。

俺はきっとすごく心が狭いんだよ。ゴードンがうちに来たときも、アンジュに会わせたくなかったから外で話してたんだ。今日だって本当は酒場に行きたくなかった。皆、逞しい身体してるし、俺なんてあの中に入ったらまだまだ細いほうだ。だから馬車の中でアンジュが困っていると知りながら笑うこともできなかった」

「え…、なら馬車の中では、怒っているわけじゃなかったの？」

「まさか、あんな可愛い勘違いで怒ったりしないよ」

「……」

もしかしたら、自分は想像以上に彼に想われているのだろうか。

父に掴みかかられたというのに、浮気を疑ったことを『あんな可愛い勘違い』で済ませてくれたことには驚きしかない。

それに、逞しい男が好きだと言われても、まだピンとこないが、笑顔の裏で彼がそんな不安を抱えていただなんて思いもしなかった。

考えてみると、これまで想いを受け取るばかりで自分から気持ちを伝えたことがほとんどなかった気がする。

彼が不安だというなら、それはたぶんアンジュにも原因があるのだろう。

誰彼構わず好きになるわけがないし、人の心はそんなに簡単ではない。ドキドキしてしまうのはラファエルだけだと、もっと前に伝えなければならなかったのだ。

「あーあ…。本当はこの話、したくなかったんだよ。船に乗ったのだって社会勉強でとおすつもりだったんだ。アンジュの好みだって、俺しか気づいてない特別なものだったから独り占めしていたかった」

ラファエルは立ち上がり、少し不貞腐れた様子で息をつく。

首を傾げると、彼は目を逸らして小さく答えた。

「だって今の俺、すごくかっこ悪い。黙ってたほうがかっこ良いことって絶対あると思うんだよね……」

かっこ良くありたいから、彼は今まで黙っていたのか。

その答えにアンジュは吹き出しそうになって、思わず口を押さえた。

「あっ、笑ったね？」

「ううん、そんな笑うだなんて」

笑っては悪いと思い、アンジュは堪えながらふるふると顔を横に振る。

ラファエルはくしゃっと顔を崩して情けなく笑い、アンジュをふわりと横抱きにした。

「あっ⁉」

「笑ってもいいよ。だけど、今のアンジュは俺のものだ。……どうかな、俺の腕の中はドキドキする？　いくらでもこうしていられるよ」

ラファエルはくるっとその場で一回転してから踊るように歩きだす。そのうちに彼と目が合ったが、おどけているように見えて眼差しは真剣そのものだった。

アンジュはきゅっと胸が切なくなり、彼の背中に腕を回して耳元でそっと囁いた。

「ドキドキしてるわ。もうずっとよ」

「……っ」

「それに、ずっと空回りしてた。あなたが私以外の誰かに触れたと想像するだけで、胸がムカムカして嫌な気持ちになるの。そのくせ直接聞く勇気もなかった。臆病でずるくて、本当に情けない気持ちだった」

「アンジュ」

「女としてたいした努力もしたことがないくせに、浮気を疑うだなんて呆れたでしょう？ 私、いもしない相手にずっと嫉妬していたのよ」

「まさか。そんなこと思うわけない。嫉妬するって、アンジュの中で俺が男になったってことでしょ？」

「それは……」

ラファエルは立ち止まり、元の場所へ戻ってアンジュをまた木箱に座らせる。

その前に膝をつくと、彼はアンジュの指に口づけ、手のひらを自身の頬に押し当てた。

「……ねぇ、アンジュ。嫉妬心や独占欲なんて誰だって持ってるものだよ。アンジュの嫉妬なんて俺にとってはご褒美みたいなものだし、独占したいなら好きなだけすればいいんだ。……ほら触って。全部アンジュのものだよ」

「あ…っ」

彼の頬に触れていた手のひらが、今度はその厚い胸板に押し当てられる。

船の中で探すはずだった上着を結局探していないから、彼はシャツしか着ていない。寒くないのかと気にしながらも、シャツ越しに伝わる体温に顔が熱くなる。そこから覗く肌にアンジュは釘付けになっていた。

ラファエルの言うとおりかもしれない。

この目は気づくと彼を淫らに追いかけている。

「……なんだかおかしいね。結婚してからお互いのことをちゃんと話したのは初めてだ。俺、ずっと浮かれてて気づかなかった」

「浮かれて、たの？」

「もう浮かれっぱなしだよ。アンジュってば些細なことで頬を染めたり恥じらったり、俺が望む以上の反応を見せてくれるから可愛いったらなかった。おかげで毎日触ることばかり考えていたよ」

「私、そんな反応を……？」

「うん…。俺も、触っていいかな？」

「……ンっ」

返事を待たずに大きな手がアンジュの胸の膨らみに触れていた。

服の上からとはいえ、包み込むように揉みしだかれて甘い声を上げてしまう。首筋から顎へ向かって何度も唇を押し当てられ、吐息を漏らすと同時に唇を塞がれた。

「んん…う、ん…、ん」

見つめ合い、角度を変えて何度も舌を絡め合う。

乳首の周辺を弄られてびくびくと反応しながら、アンジュも彼のシャツの隙間に指を滑り込ませて滑らかな肌に手のひらを這わせた。もっと触りたくてさらに手を奥に滑り込ませ、首の後ろや背骨を確かめるように指先でなぞった。

「アンジュ…ッ」

切なげに漏らすラファエルの息を唇で感じて、胸の奥が震えてしまう。

強く抱きしめられ、息ができないほどの深い口づけを交わしたが、今はそれだけではとても足りない。このまま何も考えられなくなるまで彼に抱かれてしまいたいと、アンジュは情動のままに彼にしがみついた。

「――ッ!?」

ところが、木箱の上に組み敷かれた矢先、ラファエルは突然ハッとした様子で動きを止めてしまった。

「どうしたの…?」

「……いや」

問いかけるも、彼は視線を宙に彷徨わせて曖昧にしか答えない。

不審に思いながら背中が少し痛くて身じろぎをしたところ、ぐっと腰を引き寄せられて動きを封じられてしまった。

「ラファエ――…、きゃあっ!?」

しかし、その直後だった。

船の軋みと共に激しい揺れに襲われ、アンジュは悲鳴を上げた。

木箱から落ちそうになって彼にしがみつこうとしたが、揺れが大きすぎてその場から放り出されそうになってしまう。

こんな状態では摑めるものなど何も見当たらない。アンジュはただ身を固くして床に打ちつけられたときの衝撃に備えるしかなかった。

だが、そんなアンジュの身体をラファエルが咄嗟に引き戻す。彼はどうにか力ずくでアンジュを胸に収めたが、さらに襲いかかる揺れには逆らえず、不安定な姿勢で壁に身体を叩きつけられてしまった。

「きゃあぁ…ッ！」

船の軋みに紛れて、アンジュの悲鳴が響く。

程なくして激しい揺れは徐々に収まっていったが、一体何がどうなっているのか、自分がどこを向いているのかさえわからない。

ギィ…ギィ…と不気味な音を立てて船は不規則に揺れる。

波がぶつかる音がやけに鮮明《せんめい》に聞こえ、耳を澄ませていると、ラファエルの吐息が耳にかかった。

「アンジュ、怪我は？　どこか痛めてない？」

「……あっ、はあ…っ、平気…、みたい。ラファエルは？」

「ん…、俺も平気」

言いながら、ラファエルは周りの様子を窺っていた。

アンジュも一緒に辺りの様子を窺おうとしたが、彼をすっかり下敷きにしていることに気づいて慌てて身を起こす。

先ほどまで座っていた木箱からずいぶん離れた場所まで飛ばされている。

ラファエルはアンジュを抱きかかえて庇ってくれていた。彼のほうこそかなり強く身体を打ちつけたのではないかと、血の気が引く思いがした。

「アンジュはここにいて。ちょっと外の様子を見てくる」

「えっ!?」

「すぐ戻るよ。また揺れるかもしれないから、どこかに摑まっていて」

しかし、心配をよそに、ラファエルは別段身体を引きずる様子もなく、素早い動きで昇降口へと消えてしまった。

一人残され、アンジュは心細さを感じながら周囲を見回した。

大きく捲れあがっていたスカートを直していると、砲台が設置された場所から光が漏れていることに気がつく。

陽が昇り始めているようだ。

そんなに時間が経っていたのかと驚き、アンジュはここにいるように言われたことも忘れ、時折感じる揺れでよろめきながら彼が消えた昇降口へと向かった。

「なんだか傾いてるような……？」

一段一段、手をつきながら階段を上り、雲一つない空に目を細める。

甲板に立ち、すぐ傍にあったマストに摑まって一息つき、微妙な傾きに足を踏ん張りながら顔を上げた。

「――え」

そこで目にしたものに、アンジュは腰を抜かしそうになる。

昇り始めた太陽の下、見渡す限りに広がるのは水平線だった。

どう目を凝らしても何もない。港も街の風景も、そこにあるはずのすべてが忽然《こつぜん》と消えていたのだ。

「どういう…、こと？」

にわかには信じがたい状況に立ち尽くすことしかできない。

夢を見ている気分になり、もう一度辺りを見回して何もないことを確認して、ぽかんと空を見上げた。

「アンジュ！」

不意に名を呼ばれて顔を向けると、ラファエルがひょっこりと姿を見せる。

助けを求めるようにその場から動こうとしたが、強く制止されたため、慌ててマストに摑まり直して彼が来るのをおとなしく待った。

「ラファエル…ッ」

「一人でよくここまで来られたね」

「ごめんなさい。じっとしていられなくて。……それよりこれは」

「うん…。少し困った状況になったね。いつの間にか船が動いていたようで座礁《ざしょう》してるんだ。ひととおり見てきたけど、港に係留させるためのロープがすべて切られていたよ」

「えっ!?」

わずかに表情を強張らせ、返ってきたその言葉にアンジュは息を呑む。

『切られていた』と断言するからには意図的にやられた状態なのだろう。アンジュはマストを摑む手にぐっと力を込めて、息を震わせてラファエルを見つめた。

「犯人は捕まったって……」

「少なくとも、単独犯じゃなかったということなんだろう」

ラファエルは眉根を寄せて掠れた声で答える。

船が揺れているとは思っていたが、さすがにこれは想像しなかった。

——そういえば、サムが船から下りたときに何かを気にしていたような……。

きょろきょろと辺りを見回して不思議そうにしていたが、まさかあの近くに誰かが潜んでいたのだろうか。

「私たち、ここで助けが来るのを待つしかないということ……?」

「……」

不安を顔に浮かべると、ラファエルは無言になって水平線をぐるっと見渡す。

気のせいか、その顔にはなぜか焦りをあまり感じない。彼は空を見上げ、太陽の光に目を細めていたが、唇を引き締めるとアンジュに向き直った。

「この船を下りようか」

「えっ？」

「傾いた船の上じゃ、何もしなくても体力を消耗してしまう。そのうえ、大きな波がぶつかるたびにぐらつくからじっとしていることさえままならない。助けを待つにしても、いつ船が通りかかるかわからない中では気力だってそうはもたないよ」

「でも、ここがどこかもわからないのに……」

「そうでもないよ」

「……っ!?」

ラファエルは潮風に揺れる自身の髪を掻き上げ、もう一度水平線に目を凝らすと小さく頷き、口端をわずかに引き上げてその考えを打ち明けた。

「この辺りの海図は頭に入ってる。潮の流れを考えれば流された方角の見当はつく。昇り始めた太陽の位置を考慮に入れると、ここがどの辺りの浅瀬なのか、大体の推測もできる。おそらく、ここから南西の方角に小さな島があるはずだよ」

「すごいわラファエル…ッ！　そんなことまでわかるなんて！」

「そう？　船に乗ってる間に色々あったからなぁ……。その島、今は誰もいないんだけど、昔は人が住んでたみたいで、前に偶然漂着したときは雨風を凌《しの》げる程度の小屋があったんだ。まだ残ってるといいんだけどな」

「え…?」

けろっとした顔で飛び出したとんでもない話に、アンジュは耳を疑った。

漂着。今、ラファエルは漂着したと言ったのか?

「サムが釣りをしたいって言うから、それに付き合って二人でボートに乗ってたら、いつの間にか流されちゃったんだよね。二日くらい漂流したかなぁ。あのときはまだ船に乗って一か月くらいのときで、ほんと死ぬかと思った」

「……っ」

「じゃあ、ちょっと準備をしてくるから、アンジュはここで待ってて」

「あっ、ラファエル」

「危ないから今度こそ動かないでね。すぐだから!」

ラファエルは先ほどより強めに言うと素早く昇降口を下りて、あっという間に下層へと姿を消してしまった。

一人残されたアンジュはマストに摑まりながら、盛大なため息をつく。

「漂流って…、ついでに話すことじゃないと思うわ……」

彼は一体どんな二年間を過ごしてきたというのだろう。

あの話し方では、ほのぼのした思い出の一つのように聞こえてしまうが、実際はそんな甘い状況ではなかったはずだ。

ラファエルがおおらかすぎるというのもあるだろうが、それを平然と話せるほど、さまざまな経験をしてきたということなのかもしれない。この状況下でさほど慌てる様子がないのが、それを物語っている気がしてならなかった。

——なんだか、妙に落ち着いてしまったわ。

もう一度息をついてアンジュは空を見上げる。

打ち寄せては返す波の音と時折響く船の軋む音で多少の心細さは感じたが、ラファエルが慌てる様子を見せないおかげでほとんど不安を感じていない。

今度こそ彼の言うことを聞こうとアンジュはマストにしがみつき、無闇に動く真似はせずに彼が戻るのをじっと待った。

程なくして下層を走る足音が聞こえてくる。それに耳を傾けていると、息を弾ませたラファエルが麻袋を手に勢いよく昇降口から駆け上がってきた。

「ごめん、待たせたね。こっちだよ」

甲板に出るや否や、彼はアンジュの手を摑んで船首のほうへと連れて行く。

そこでラファエルは再びアンジュの傍を離れ、張り巡らされたロープの一つを操作して小型のボートを横へ移動させる。その動きを食い入るように見ていると、彼は一旦操作を止めてこちらへ戻り、アンジュを横抱きにして小型のボートまで運んでくれた。

「……ラファエルは？」

「もちろん俺も乗るよ。あ、この袋もね」

そう言いながらも、彼はボートに乗ろうとしない。

麻袋をボートへ乗せると、ロープを操作する作業に戻ってしまい、それと連動したボートが、アンジュと麻袋だけを乗せて徐々に海面に下ろされる。

見上げても彼の姿はどこにも見えない。

しかし、不安になったのは一瞬のことで、ラファエルは縄《なわ》ばしごを掛けるとするすると下りてきて適当なところでひょいとボートに飛び移ってきた。

「じゃあ行こうか」

言いながら彼はボートに繋がれたロープを手際よく外していく。

その作業を終えるとアンジュの前に座ったが、今度はオールを手にボートを漕ぎ始める。

一時たりとも休むことなく動き続ける姿に、アンジュは目を奪われるばかりだった。

後方から、不意にギィ…と軋む音が響く。

我に返って振り向くと、先ほどまで自分たちが乗っていた船が、打ち寄せられる波で不規則に揺れていた。

「あの船はどうなるの？」

「船底が無事なら、なんとかして引き上げるかもしれない」

「無事だといいのに……」

「……そうだね」

傾いた船の軋む音がどこか悲しく響いていた。

そんな感傷的な気分を追いやるように、ラファエルは大きな動きでボートを漕ぎだす。

「さて、俺たちはどうしよう。どうせならハネムーンのつもりで行こうか」

「無人島へ？」

「そう、無人島へ」

ラファエルはにっこり笑って、空を見上げる。

金色の髪がさらさらと風に靡《なび》き、額に玉の汗が浮かんでいた。

明るく振る舞うことで、アンジュを不安にさせないようにしているのは言われなくとも伝わることだ。

「そうね。それも素敵ね」

持っていたハンカチでラファエルの汗を拭い、同じようにアンジュも笑う。

オールを漕ぐ音とその息遣いに胸がきゅうっと締めつけられる。

あなたのおかげで、私はこうして笑っていられるんだわ。

そう思いながら、いち早く島影を見つけられるようにと、アンジュは水平線の向こうを見つめ続けた——。

＋　＋　＋

その後、二人が目的の島に辿り着いたのは、座礁したガレオン船を出て三時間は経ったあとのことだった。

運が味方したとすれば天候に恵まれたことかもしれない。

ここ数日は日中でも上着が必要だったが、今日は陽が高くなるにつれて海風を心地よく思うくらい気温が上がり、昨日のような強風もなく波も終始穏やかだった。

ラファエルはその間、風向きや潮の流れに注意を払いながら、ほとんど休むことなくボートを漕ぎ続けていた。

おそらく、アンジュを連れて出てきたことに強い責任を感じていたのだろう。

水平線の向こうに見えた島影を目にした瞬間、ラファエルは胸を撫で下ろすように息をついていて、その額から流れる大量の汗がすべてを物語っていた。

「アンジュ、こっちこっち！」

そして、改めて驚かされたのはその底なしの体力だ。

目的の島に足を踏み入れるや否や、ラファエルは海岸線から見えていた小屋に目を輝かせ、アンジュを手招きしながら駆けだしたのだった。

「……うわ、埃っぽいなあ」

ところが、意気揚々《いきようよう》と小屋の扉を開けた途端、彼は顔をしかめて呟く。

アンジュも中を覗いたが、確かに埃っぽくてお世辞にも綺麗とは言えなかった。

だとしても、多少古びていようがソファやテーブルはあるし、雨風を凌《しの》ぐだけなら充分だろう。

「掃除をすれば大丈夫よ。今度は私も頑張らなくちゃ。ラファエルに任せきりではいられないもの！」

決意を込めて頷くと、ラファエルがひょいと顔を覗き込んで嬉しそうに笑った。

「アンジュのそういうところ、俺、大好き」

「どういうところ？」

「こんなことになっても文句一つ言わないところ」

「どうして文句を言うの？」

「ほら、そういうところ」

ラファエルはそう言ってくすくす笑っている。

結局どんなところがいいのかよくわからなかったが、褒められて悪い気はしなかったので自然とアンジュも頬が緩んでいた。

「あー、汗と潮風で身体がベトベトだよ。ねぇ、アンジュ、ここを少し奥に進んだ先に泉があったはずなんだけど、よかったら一緒に行かない？」

「泉？　もちろん行ってみたい……けど、あんなにボートを漕いで疲れてないの？」

「あれくらい平気平気。あっ、飲み水も確保しないと」

ラファエルは平然と笑い、小屋の隅に転がっていた桶《おけ》を手に取った。

本当に大丈夫なのだろうか。強がっているなら少し休んでほしい。

心配するアンジュだったが、それからすぐに向かった泉までの道のりでも彼の動きは驚くほど軽快だった。

「俺の後ろについていれば安心だからね」

「え、ええ」

彼はたびたび振り返っては、アンジュがいるのを確認しながら話しかけてくる。

手にはナイフを持ち、行く手を阻む雑草や枝を素早く刈り取って楽に進めるようにしてくれていた。船から持ってきた麻袋には火おこしの道具からコップに至るまでさまざまなものが詰め込まれていて、ナイフもその一つだった。

いつの間に、こんなに頼り甲斐のある背中になったのだろう。

その行動力にはもう何時間も驚かされっぱなしで、アンジュは前を歩く背中を見てそんなことばかりを考えていた。

「アンジュ、ここの水は綺麗だから飲んでも大丈夫だよ」

程なくして辿り着いた泉は、想像を超えた美しさだった。

豊かに生い茂った樹木や苔むした岩場に囲まれて、水底が見えるほど澄んだ青い水が、差し込む陽の光できらめいている。

「なんて綺麗なの……」

しばし立ち止まって感嘆のため息を漏らしていたアンジュは、地面を這う樹木の枝に注意しながら水辺に近づく。

すると、この辺を水場にしていた一羽の鳥が飛び立ち、さえずりが辺りに木霊《こだま》する。

アンジュは水面に広がる波紋《はもん》をしばし目で追いかけていたが、すぐ傍の岩場に水が湧きだしているのに気づいて口に含み、その美味しさに夢中になって渇いた喉を潤した。

直後、バシャバシャと水が跳ねる音が辺りに響き渡る。

驚いて顔を上げると、いつの間にか上半身裸になったラファエルが泉の中へと入っていくところだった。

彼は広い泉の中ほどで腰まで水に浸《つ》かり、気持ちよさそうに顔を洗っている。

そのうちに冷たいと笑って泳ぎだし、時々こちらに手を振ってさまざまな泳ぎを披露しては無邪気な子供のようにはしゃぎ回る様子に、アンジュは目を奪われっぱなしだった。

「ラファエルが泳げるなんて知らなかった。……私も、少し身体を清めたほうがいいかしら？」

見ているうちに、だんだん彼が羨ましくなってきた。

アンジュだって潮風で身体がべとついているし、この気温で汗も掻いた。

せっかく来たのにただ眺めているだけではもったいないと思い、アンジュは着ていた服を脱ぎ始める。こんなに大胆な行動を取ったのは、楽しげにはしゃぐラファエルの姿に引きずられたのと、この幻想的な空間にいるうちに、現実世界とは違う場所へ紛れ込んだように錯覚してしまったからだ。

「あ、冷たい…っ」

アンジュは生まれたままの姿で膝くらいの深さの場所に立ち、腕や太ももなどに少しずつ水をかけて身を清めていく。

いつの間にか仲間を連れて戻ってきた鳥たちの水浴びに倣《なら》い、パシャパシャと自分の身体に水をかけているうちに冷たさにも慣れて、楽しい気持ちだけが残った。

「……アンジュ、すごく綺麗だ」

「え…っ」

しかしそれから少しして、微かな呟きを耳にし、アンジュはびくっと肩を揺らす。

振り向くとラファエルがすぐ傍に立っていた。てっきりまだ向こうで泳いでいると思っていたから完全に油断してしまっていた。

熱っぽい眼差しで上から下まで舐めるように見つめられ、忘れていた羞恥心が急速に舞い戻ってくる。

慌てて両手で胸を隠したが、それだけでは心許ない。ぐるぐると頭の中で考えを巡らせ、焦って水に浸かろうとすると足が滑ってしまった。

「あっ!?」

激しい水音に、驚いた鳥たちの羽ばたきが遠ざかる。

騒ぎのもとのアンジュは転ぶ寸前にラファエルに抱きとめられ、強い眼差しを向けられて身動きが取れなくなってしまう。その間に彼は指先でアンジュの背筋をなぞり、腰を引き寄せ吐息混じりに囁いた。

「洗ってあげる」

「ン…ッ」

耳元に息がかかってびくびくと身体を震わせていると、ラファエルは少し屈んで手のひらいっぱいに溜めた水を、脚やお尻、乳房に向かってぱしゃぱしゃとかけていく。

乳房の上を踊るように水が跳ね、肌についた水滴がキラキラと光っている。それを食い入るように見ていた彼は、瑞々しく色づいた先端の蕾を乳房ごと頬張った。

「あ…んっ」

舌先を尖らせて何度も乳首を転がされ、自然と甘い声が出てしまう。

ラファエルはその間もアンジュの背や腹にも水をかけていて、ぱしゃぱしゃと水が跳ねる音と微かな喘ぎが辺りに響いている。

穏やかな木漏れ日が降り注ぐ中で、いけないことをしている気分になってきたアンジュが羞恥を感じて身を捩ると、ラファエルはその動きを封じるようにたくさんの水をかけ、指の腹で秘部全体を撫でるように擦った。

「や…っ、こんなの…ッ」

「だめ、逃げたら洗えないよ?」

「そんなッ、あ、ぁ…っ」

「アンジュ、……濡れてきた」

「あっ、あぁ、ちが…っ、あ…っ、これは、水だもの……っ」

秘部の窪みを中指と薬指で擦られているうちに微かな音が響きだす。

単なる水の音とは違う性質のものが混じっていたが、指摘されて苦し紛れの否定をしたら、ラファエルはいたずらっ子のような目で笑った。

「じゃあ、確かめてあげる」

「えっ？　あッ、あぁ…ッ！」

ラファエルはさらに屈んで、アンジュの秘部にちゅっと音を立てて口づけた。

手のひら全体でも秘部を前後に擦られ、一層淫らな音へと変わっていく。そのうちに入り口付近を指先で軽く突かれてぴくんと肩を揺らし、見計らったように二本の指がズブズブと中に入ってきて、アンジュはガクガクと足を震わせる。

ラファエルは淫らな内壁の感触に唇を綻ばせ、指を出し入れしながらもう片方の手で両脚を広げさせると、今度は長い舌を突き出して陰核をいたぶり始めた。

「ひぁ、あぁぅ…ッ！」

「アンジュの味がする。どんどん溢れて止まらないよ」

「やあ…っ、あっあっ、あぁ…ッ」

敏感な芽を舌先で何度も嬲《なぶ》られて甘い声を上げていると、太い指が出入りする場所にも舌を伸ばされる。

そこはすでにラファエルの指の付け根まで濡らすほど蜜が溢れていた。

濡れそぼったその入り口に彼がねっとりと舌を這わせた途端、奥のほうが熱く疼きだし、アンジュは喉をひくつかせながらゆらゆらと腰を揺らしてしまう。

「あ、はぁっ、はあっ」

自分の動きに合わせて水面の波打つ音が激しく響く。

恥ずかしいのに止められない。くすっと笑う声が聞こえて、カーッと熱くなった自分の顔をアンジュは両手で覆い隠した。

「だめだよ。顔は隠さないで」

「やッ、変な顔してるから」

「してないよ」

顔を隠すとラファエルは立ち上がって手を摑み取り、涙目で見上げたアンジュを宥めるように口づける。甘く舌を絡め合いながら胸を揉みしだかれ、もう片方の手ではぐちゅぐちゅと音を立てて秘部を掻き回された。

「ラファエル…っ、ん、んんッ、も…、立っていられないわ…っ」

限界が近くなって内股が震えだし、アンジュはねだるように彼の舌を甘噛みして引っ張った。

大きな背に両腕を回して、悶えながら自分の胸を押しつける。募る快感に追い詰められ、何度も舌を引っ張ってねだり続けていると、ラファエルは濡れた瞳で熱い吐息を漏らし、アンジュの中心から指を引き抜いた。

「……こんなに可愛くおねだりされたら我慢できないよ」

苦しげに眉を寄せて、彼は煩わしげにトラウザーズに手をかける。

濡れた衣服が肌に張りついていたが、なんとか前を開けると興奮しきった怒張があらわになり、それを見て息を呑むアンジュの視線に彼はニヤリと笑った。

「アンジュ、左足だけ上げて。俺の腕に引っ掛けるように」

「ん、立ったまま？」

「泳ぎながらがいい？」

「……できないわ」

耳元で囁かれてびくびく肩を震わせながら、アンジュは言われるままに彼の右腕に左足を引っ掛けた。

けれど右足がつま先立ちになってしまって、うまくバランスが取れない。

これで合っているのかわからず、彼の首に両腕を回して目で訴えていると、ラファエルは腰を低く落として熱く反り上がった先端をアンジュの中心に押し当ててきた。

「んん…っ！」

気のせいか、いつもより大きい。

互いの性器が擦れ合って、ぐちゅ…と音を立てるのを隙間から覗いていたアンジュは、自分の中を強引に押し広げて入ってくる様子に目を見張った。

「アンジュの中、すごく熱い……っ！」

「あぁーッ！」

一気に奥まで貫かれて嬌声を上げると、ラファエルは息を震わせてギリギリまで腰を引く。

その動きは何度も繰り返され、アンジュは身悶えながらも自分たちが繋がっている場所から目が離せない。抽送が繰り返されるごとに彼のものが淫らに濡れ光っていくのがわかり、自分がどれだけ彼を求めているのかを思い知らされるようだった。

「はぁっ、んん…ッ」

徐々に動きが切り替わり、今度は内壁を掻き回すように突き上げられる。

動きは緩慢だったが、アンジュはその刺激でお腹の奥が痺れて堪らなくなり、自ら腰を押しつけ、ねだるように彼を締めつけていた。

「ああっ、あっ、あぁあ…っ」

どうしてか、身体の奥が異様に熱い。

まだ繋がってさほど時が経っていないのに、少し擦られるだけでも堪らなかった。

「アンジュ…、……ッ、どうし……ッ」

「あっあっ、くぅっ、ふあぁ…っ」

嬌声が辺り一面に響いたが、そんなことは気にならなくなっていた。

彼を求めて勝手に内壁が蠢《うごめ》き、その動きだけで快感が募っていく。

喉をひくつかせて彼の首に回した腕をぶるぶると震わせ、律動に合わせて腰を押しつける。そのうちに水に浸かった右のつま先に力が入り、直後、アンジュの身体がびくんと跳ね上がった。

「あぁ、やあぁあ…ッ、……ッ、あぁあ――ッ！」

「……う、ぁ…、……ッ！」

何が起こったのかわからない。

一瞬のうちに快感が突き抜け、ラファエルの掠れた呻きが耳元を掠める。

その声で全身の肌をざわめかせていると内壁が激しく波打ち、彼の右腕にかけた左足がさらに持ち上げられ、同時に腰を引き寄せられて自然と繋がりが深くなった。そのまま身体が浮くほど腰を突き上げられ、獣のような眼差しで嚙みつくようなキスをされる。

「ひぁっ、ああーっ、…ん、んんうっ」

苦しくて息ができないのに、弱々しくもがくことしかできない。

その瞬間、ラファエルの低い喘ぎを唇の奥で感じる。

膨らんだ熱が身体の奥で弾けたのがわかって、アンジュは熱に浮かされながら彼の背に爪を立てた。

「あ…、あぁ…、あ……ぁ」

乱れた呼吸で胸が上下し、そのたびに彼の肌と擦れ合い、それさえ刺激となる。

痙攣が小さく繰り返されて止まらず、突然訪れた絶頂に翻弄されながら、アンジュは息を震わせていた。

「……びっくりした」

ラファエルはアンジュの首筋に顔を埋めて激しく息を弾ませていたが、徐々に落ち着いてくると顔を上げて苦笑した。

「アンジュ、今日はどうしたの？　あんなふうにされたら一瞬で持ってかれちゃうよ」

「…っ、はぁ…っ、はぁ……っ、わからな……」

「もしかして船にいたとき、途中でおあずけになったからかな」

「おあずけ？　……あ」

一瞬意味がわからなかったが、すぐに彼の言わんとしていることを理解する。

船が流されているのにも気づかず、自分たちは一晩中語り合っていた。そのうちに甘い雰囲気になって組み敷かれ、何もなければあのまま彼に抱かれていただろう。

けれど、今の自分がこんな状態なのはそれが理由というわけではないと思う。

ここに来るまでの間、ラファエルの頼もしい姿にアンジュはドキドキさせられっぱなしだった。船から下りるときもボートを漕ぐ姿にも、この泉に向かう間も本当はずっと抱きつきたくて仕方なかったのだ。

「……ンっ」

少し落ち着きを取り戻したところで、アンジュは小さな声を上げる。

いまだ繋がったままの彼が唐突に奥のほうで動いたのだが、果てたとは思えない熱量に息をひそめていると、イタズラをするように内壁を擦られた。

「あ…っ、ど、して？」

「だって、あれだけじゃ収まらないよ」

「でも…」

「アンジュ、お願い。あんなに強く求められて一度きりなんて無理だよ。この状態で我慢なんてできるわけないっ」

「あぁあ…っ！」

ぐっと腰を突き上げられ、アンジュの中心を再び衝撃が襲う。

情欲に濡れた眼差しに射貫かれ、その熱が全身にじわじわと広がっていく。

薄く開いた唇から赤い舌が覗き、その舌で彼はアンジュの唇を舐めてキスを求めたが、口を開けた途端、待ちきれないとばかりにかぶりつかれた。

「んうッ、ふう、……ッ、ふぁあ…っ！」

その直後、さらなる衝撃がアンジュに襲いかかる。

ラファエルは抱えた左脚をさらに持ち上げると、つま先でなんとか立っていたアンジュの右脚も抱え、両腕でその体重を支えながら、大きく開かされた中心にぐっと腰を突き出したのだ。

「あぁあ――…ッ！」

そのまま何度も奥を突かれてアンジュは激しく喘ぐ。

ただでさえ動かれると苦しいのに、達したばかりで敏感になっているから刺激が強すぎる。いつもより不安定で深く繋がったこの体勢では、突かれるたびに全身を貫かれているようだった。

「アンジュ…ッ、腕、放したら危ない。ちゃんと俺の首に巻きつけて……ッ」

「ああうっ、あ、あぁッ、んんっ、あぁっ」

刺激から逃れようとしているうちに、腕が離れてしまったようだ。

言われて気づき、アンジュはラファエルの首にしがみついてその耳元に顔を埋めた。

すると熱い息が首筋にかかって彼の唇がきつく吸いつき、背筋をびくつかせていると、アンジュの肌の至る場所にその唇が吸いついて、いくつもの赤い華を咲かせていく。

「いぁ…っ、ンっ、あぁッ」

チクっとする痛みが走るたびにアンジュは甘い声を上げていた。

そのうちに突き上げる熱で全身の肌がざわめきだし、ラファエルの熱に引きずられて知らず知らずのうちに彼を締めつけ、徐々に募る快感に溶かされていった。

「あっあっ、あっ、あっ、ラファエル…ッ」

「ん、アンジュ…ッ、もっと、もっとほしい…ッ！」

「ああーッ！」

両脚を抱えられた状態でお尻を摑まれて小刻みに揺すられる。

アンジュは悲鳴に似た嬌声を上げ、しがみついた腕に力を入れて上へ登り、追い詰められる感覚から逃れようとした。

それで少しは楽にはなったが、しかしそれも一時のこと。ラファエルはアンジュを抱えたまま、その場から歩きだしたのだった。

「ひあっ！　あぁ…ッ！　あん、あっあっ、あぁっ！」

一歩ごとに深く貫かれ、アンジュはただ喘ぐばかりだ。

ぽろぽろと零れる生理的な涙はラファエルの唇に吸い取られていく。その甘やかな感触がもっとほしくなり、アンジュは頬をすり寄せてキスをねだった。

「アンジュ、好きだよ。本当に大好きなんだ…っ」

「あっ、あ…っ、私も、好き…ッ！　好きよ、ラファエル…っ！」

額から鼻、瞼から頬、顔中にキスの雨が降る。

我慢できずに自分から彼の唇に吸いつき、啄むようなキスを繰り返して舌を突き出すと、ラファエルはその舌を甘噛みして、尖らせた自分の舌先でアンジュの舌の上を何度も撫でてくれた。

その気持ちよさに夢中になっていると徐々に頭の芯がぼやけていく。いつの間にかラファエルは歩くのをやめ、自分の身体よりもずっと大きな岩場に背中を預けていた。

「んんっ、ん、は…、っふ、んん」

彼はアンジュを抱え直すと熱い吐息を漏らし、また腰を揺らし始める。

しかし、その動きは先ほどまでより甘やかで淫らだった。

互いの乱れた息と肌がぶつかる音が絶え間なく響き、彼の足元では水が跳ねる音が間断なく続く。耳にするすべてが官能を刺激し、アンジュは次第に彼の動きに合わせるように自分の腰を揺らして快感だけを追い求めるようになっていた。

「ラファエル、ラファエル……ッ」

アンジュはうわ言のように彼の名を繰り返す。

そのうちに切なげに喘ぐ微かな声がして、顔を上げると、頬を上気させた淫らな表情と視線がぶつかり、奪い合うように唇を重ねた。

「ん、ん…ッ」

「ア、ンジュ……」

間近で見つめ合い、互いの舌を激しく求め合う。

律動はさらに速められ、迫り来る絶頂の予感に身を震わせた。

アンジュの脚を抱える逞しい腕も擦れ合う胸も、彼のすべてが愛おしい。彼を想うだけで幸せで切なくて、どこまでも高みに押し上げられていくようだ。

「あぁっ、もう、だめ…ッ」

「いいよ。アンジュ、俺も一緒だから……ッ」

「はぁっ、ああ…っ！」

奥を擦られてアンジュは弓なりに背を反らす。

激しい突き上げに振り落とされないよう両脚を彼の腰に絡め、喉をひくつかせながら中を行き交う彼の熱をきつく締めつけると、そのぶんだけ激しく揺さぶられた。

お腹の奥がじんと熱くなり、全身をわななかせる。苦しいほどの快感の波に逆らうことなく、彼と共にただ昇りつめていくだけだった。

「あぁッ、あぁっ、ラファエル、ラファエル…ッ！　あッ、あぁあ――…ッ!!」

ぶるぶると肩を震わせ、襲いくる二度目の絶頂にアンジュは激しく身悶える。

彼の他には何も見えない。時折鳥のさえずりが聞こえて湧き出る水の音がしていたが、それらが二人を現実に呼び戻すことはなかった。

「――ッ！」

その波に引きずられ、ラファエルも切なげに息を乱す。

断続的な締めつけに呼応するように、彼はさらに繋がりを深くして腰を打ちつけた。

そのうちに掠れた喘ぎがアンジュの耳元で響き、貫く熱塊が極限まで膨張して少しの隙間もなくなった。

直後、大量に放たれた精が内壁を熱く濡らし、激流に押し流されるように彼もまた最後の瞬間を迎え、それを最奥で感じたアンジュは全身を震わせた。

「――…はッ、…っは、はあっ、はあ…っ」

言葉もなく、辺りには乱れた呼吸音だけが響き渡る。

ラファエルもしばし息を弾ませ、膝をガクガクと震わせていたが、徐々に力が抜けて姿勢を維持できなくなったようだ。アンジュを抱えたままその場にずるずると腰を落とし、水に浸かって大きな岩に寄りかかると、彼は放心した様子で胸を上下させていた。

「……アンジュ、大丈夫？」

ややあって耳元で囁きを聞いたが、アンジュは顔を上げることさえできない。

完全に脱力してすっかりラファエルに身を預け、指一本も動かせなくなっていた。

大きな手が労るように背中を撫で、全身をふわりと包み込む。これ以上ないほどの安心感を抱き、アンジュは深く息をついてゆっくり目を閉じた。

「少しだけ…、このままで……。すぐに…、起きる、から……」

「眠ってもいいよ？」

「ん…、……小屋……、戻らなきゃ……――」

戻って小屋の掃除をしなければ……。

これ以上、ラファエルばかりに負担をかけられない。

そう思うのに、一度閉じた瞼は鉛のように重くなって開かない。

「ねぇ、アンジュ…、あとで一緒に釣りをしようか。船から道具を持ってきたんだ。いっぱい釣れるといいね。それで、夜の海を眺めながら釣った魚を食べよう。知ってる？　豪快にかぶりつくのが美味しいんだよ」

耳元の囁きに、アンジュは唇を綻ばせて小さく頷いた。

穏やかで優しい声音が、ただただ愛おしい。子守唄を歌うようなその声と温かな腕にゆらゆらと揺らされているうちに、次第に何も考えられなくなっていく。

ここがどこだって、自分たちの未来は楽しいことばかりに違いない。

胸がぽかぽかして幸せな気持ちだけが残り、アンジュは知らず知らずのうちに夢の中へと身を投じていたのだった――。

＋　＋　＋

「あぁ、可愛いなぁ……」

一方ラファエルは、すっかり意識を飛ばしてしまったアンジュを胸に抱き、しばしその寝顔を堪能していた。

これまで幾度となく肌を合わせてきたが、こんなに満たされた気分は初めてだった。

想いが通じた確信はずっとあったのに、戸惑うアンジュを可愛がるのに夢中になりすぎていたのかもしれない。何せアンジュがその想いを言葉にしたのも、自分から激しく求めてきたのも今日が初めてなのだ。

こんなところまで来る羽目になって困った状況は解決していないが、さまざまな本音をぶつけ合ったことで彼女とここまで距離が近づけたことは、ラファエルにとって予期せぬ歓びだった。

「さて、そろそろ小屋に戻ろう」

ふぅ…と息をつき、ラファエルは彼女と繋がったままの身体を離す。

名残惜しいが、いつも以上に興奮したおかげでずいぶん時間を使ってしまった。

ラファエルはアンジュを横抱きにして泉から足を踏み出し、一旦近くの岩場に彼女を横たえる。放り投げたままだった自身のシャツを急いで洗い、それを固く絞ってアンジュの身体を丁寧に拭くと、手間取りながらもなんとか服を着せ、他のことはひとまず後回しにして彼女を背負って小屋に走った。

疲れを感じないのは、彼女を守るという使命感に燃えているからだろうか。

その後もラファエルは休むことなく精力的に動きまわり、泉には二度往復して小屋に水を運んだ。その道すがら、果実をとって多少の食料を確保し、船が通りかかったときの目印になればと、拾った木の棒に自身のシャツを括り付けて旗を作ったりもした。

アンジュにはその間、小屋のソファに眠ってもらっていた。

掃除はしたものの、まだ少し埃っぽくて気が引けたが、硬い床に寝れば身体を痛くしてしまうだろうと思ってのことだった。

「……また少し行ってこようかな」

ラファエルは薪拾いを終えて小屋に戻ったばかりだったが、ほんの数分ほどで出ていこうとしていた。

アンジュはまだしばらく起きそうにない。徹夜した状態でこんな場所に連れてこられた挙げ句、いつも以上に激しく抱かれてしまったのだから無理もない話だった。

「あ、その前に忘れものがあった」

扉に手をかけようとして、ラファエルは思いだしたように立ち止まる。

いそいそとアンジュのもとまで引き返すと、ソファの前に膝をつき、その可愛らしい唇にちゅっと音を立ててキスをした。

小さな寝息に胸をくすぐられ、ラファエルはうっとりとその顔を見つめる。

瞳と同じハチミツ色の髪は甘い香りがしそうな艶めきがあり、白い肌は滑らかでシミ一つなく、小さな赤い唇はぷるんとして果実のように瑞々しい。

「もうちょっと、いいよね……」

ラファエルは我慢できずに彼女の髪を一束手に取った。

その匂いを愉しみながら続けて二度、三度と唇を重ね、薄く開いた口の中にも舌を差し込み、奥のほうまで味わっていく。行ってきますの挨拶のつもりが、どんどん夢中になって彼女を丸ごと食べ尽くしたくなった。

「うぅ……ん」

しかし、苦しげな声にハッとして、ラファエルは慌てて口を離す。

顔を覗き込むと、すぐにすぅすぅと寝息を立て始めたのでほっと息をつき、そろそろと立ち上がる。

本当はもう少し愉しみたかったが、油断すると眠る彼女に淫らなイタズラをしそうで、ラファエルは大きく深呼吸をして気持ちを落ち着けてから今度こそ小屋を出た。

「……なんでだろ？　今日は特にムラムラするなぁ」

爽やかな空の下、独り言がやけに大きく響く。

ラファエルは颯爽とした足取りで砂浜を歩き、係留《ざお》しておいたボートに向かうと、今夜の糧を手に入れるため、小屋から持ってきた釣り竿を手に乗り込んだ。

アンジュと釣りの約束をしたが、さすがに今日はもう無理だろう。

ガコガコとボートを漕ぎ、ラファエルは沖合まで進んでいく。

程よい場所でボートを止めると、海岸付近の岩場であらかじめ手に入れておいた貝を釣り糸の先に引っ掛けて海に放り投げる。あとは反応があるまで時々竿を動かし、ぼんやりした時を過ごせばいいと思うと気が抜けそうだった。

「はぁ～…、アンジュが起きたあと、またしたいって言ったらだめかなあ。一日中ベッドの上でいちゃいちゃするのが今の俺の夢だよ」

海原にいる解放感と蓄積した疲労のせいだろう。

季節外れの強い日差しが降り注ぎ、キラキラと光る水面に目を細めながら、ラファエルは素直すぎる心の内を口走っていた。

「どうして俺はアンジュがこんなに好きなのかな」

空を見上げ、ぽつりと呟く。

別に身体を繋げたいばかりじゃない。

できるだけアンジュを不安から遠ざけたいという気持ちも大きかった。だから、彼女のために自分の力が少しでも役立っていると思うと、どこまでも頑張れそうだった。

物心ついたときから、ラファエルの世界は常に彼女を中心にくるくると回っている。

大好きな彼女を隙あらば独占したいと思っていたし、下心を満たすために打算的な行動をとることもあった。

可愛く甘えて抱きしめてもらおう。

美味しそうに食べればたくさん褒めてもらえる。

小首を傾げておねだりすれば今夜も一緒のベッドに潜り込めるはずだ。

一緒のベッドで眠った夜は必ずアンジュの寝顔にキスをしたし、変な気持ちになって身体に触ろうとしたこともあった。

残念ながらそれはいつもロイに邪魔をされて、ほとんどまともに触ったことがないのが痛い思い出だ。十歳くらいになった頃、アンジュの父ジェフにこっそり窘められ、一緒のベッドに潜り込めなくなったのはさらに痛い出来事だった。

あれはもしかして、俺の邪《よこしま》な考えを察してのことだったのだろうか。

だとしても、いずれは結婚するのだから急ぐことはない。

結婚すれば朝から晩までずっと一緒にいられる。

自分たちは誰が見たって相思相愛だと、自信だけは人一倍あった。

だからこそ、二年前のあの日、自分が男として見られていなかったと気づいたときの衝撃は凄まじかったのだ――。


『――アンジュ…ッ！』

マイクを困らせながら、庭木の剪定の真似事をする無邪気なロイを下で見ていたアンジュとラファエル。

アンジュの目にゴミが入るというハプニングにより、マイクはロイを背中に乗せたまま彼女を抱えて屋敷に戻ってしまった。

ぽつんと裏庭に残されたラファエルも、すぐに彼らを追いかけたが、普段から滅多に運動をしないのが祟って、少し走っただけで息は上がるし足ももつれる。

それでも、そのときのラファエルはかつてないほど必死だった。

なぜか彼女を盗られた気になって、妙な不安が胸の中を占拠していたのだ。

『アンジュさま、まだ痛みますか？　酷いようなら医者に診せましょう』

『ううん、洗ったらゴミが流れたみたい。マイク、ありがとう』

何度も転びそうになりながらやっとのことで追いつくと、心配するマイクに笑顔で答えるアンジュの姿が真っ先に目に飛び込んできた。

庭師と貴族令嬢。

親子ほど年の離れた二人。

端から見ても、それ以上でもそれ以下でもない。

にもかかわらず、その瞬間、ギクッとしたのをラファエルは今でもはっきり覚えている。

マイクが彼女にハンカチを差しだそうとしていたのに気づいたラファエルは、阻止するように二人の間に割り込み、自分のハンカチを差しだした。

『アンジュ、これを使って！』

『え？　あ、ラファエル、追いかけてきてくれたの？　まぁ、汗びっしょりじゃない！

大変、風邪をひいてしまうわ！』

だが、彼女の目を引いたのは、大量に汗を掻いたラファエル自身だった。

びっくりした彼女は、差しだしたハンカチをラファエルの汗を拭き取るために使ってしまったのだ。

『……マイク、その…、ハンカチ貸してくれる？　アンジュを拭いてあげたいんだ』

『ええ、どうぞ』

結局、マイクのハンカチはラファエルが受け取り、それで彼女の顔や髪を拭いてあげたのだが、もやもやした気持ちが収まることはなかった。

なぜなら、時折マイクをちらっと見ては、アンジュが見たこともない表情で頬を赤らめるのを見てしまったからだ。

――まさかアンジュはマイクが好きなんじゃ……。

それからラファエルは彼女の気持ちを確かめようと、あえてアンジュを何度も裏庭へ連れて行った。

ところが、アンジュには特に変化がない。時折動く視線がマイクの二の腕や背中、お尻や太ももを部分的に追いかけているだけだった。

それでも見ていればわかる。アンジュが好きだからこそ、彼女が無意識に求めていることが何であるのか、ラファエルは気づいてしまったのだ。

『ねぇ、アンジュ』

『なぁに？』

そんなある日、ラファエルはソファで紅茶を飲んでいたアンジュにそろそろと近づく。

ここ数日ひたすら頭を悩ませた結果、彼女が次に家に来たときに試そうと思っていたことを実行するつもりだった。

『少しじっとしていてね』

『……ええ』

左手でアンジュの背中を、右手で膝裏を抱える。

首を傾げた彼女は持っていた紅茶のカップをテーブルに置き、ラファエルの顔をじっと見ていた。

『くうぅ…っ！』

そんな彼女を横目にラファエルは歯を食いしばり、その身体を抱き上げようと全身に力を入れて踏ん張った。

頭に描いていたのはマイクに横抱きにされたアンジュの姿だ。

それが自分の理想だったからだ。

『くっ…、ぐぬぬッ！』

しかし、理想と現実は必ずしも一致しない。

アンジュは細身だがラファエルより十センチは背が高く、対して自分は全身ぷよぷよで見た目を裏切らない貧弱さだ。渾身の力で腕が笑うほど頑張ったが、そのときのラファエルに彼女を抱き上げることはできなかった。

『ぜはっ、ぜはっ、ぜぇっ、ぜぇっ！』

ラファエルは床に膝をつき、俯いて息を弾ませる。

好きな人を抱き上げることもできず、情けなくていつまで経っても顔を上げられない。

『……ラファエル、ありがとう』

アンジュはそんなラファエルの傍にしゃがみ込み、ふわっと笑いかけてくれた。

抱き上げようとしたことも、それができなかったこともすべてわかったうえで、その気持ちに対してありがとうと言ってくれたのだ。

アンジュはラファエルを天使のようだと言うが、間違いなくそれは彼女のほうだった。

きっと、今すぐ結婚したいと言っても彼女は頷いてくれるだろう。

キスをしても身体を繋ごうとしても、本気で望めば拒絶はしないだろう。

いずれはラファエルとの子供を産んでくれるだろうし、一生裏切ることなく隣にいてくれるはずだ。

そんな未来は、はっきり見える。

なのに、こんなにも情けなくて悔しいのはなぜだろう。

だって今の自分では彼女にふさわしくないとわかってしまった。

彼女の気持ちが自分とは違うと気づいてしまった。

──僕はどうしたらいいんだろう……。

その日の夕方、ラファエルは生まれて初めて味わう敗北感に肩を落とし、裏庭で一人、何をするでもなく立ち尽くしていた。

『ラファエル、どうしたの？』

しばし棒立ちのまま動かずにいると、背後から声をかけられる。

振り返ると、こちらに近づく母の姿が目に映った。

こんな時間に一人で裏庭にいることを不思議に思ってやってきたのだろう。

優しい母の顔がじわりと涙で滲んでいく。

しかし、ラファエルは折れそうな気持ちをギリギリのところで抑え込み、ぐっと唇を噛み締めた。

これは誰かに甘えて解決できる問題ではない。

自分がどうしたいか、それがすべてなのだ。

『……男らしくなりたい』

ラファエルは前を向いて呟いた。

何もせずとも手に入るからなんだというのだろう。

好きだからこそ、彼女の一生を独占するだけでは満足できない。

頬を染めて見つめられたい。男として認めてもらいたい。

誰よりも好きになってもらいたい。

何年かかっても、いくら転んでも、そのためには何だってしてみせる。

少し遅くなっても、彼女はきっと同じ場所で待っていてくれるだろう。

それでもアンジュの心を奪えないなら、そのときはまた違う方法を考えてみればいいと、ラファエルはそう思った――。

＋　＋　＋

沖へ来て二時間ほどが経過していただろうか。

さまざまなことを思いだしながらぼんやりと釣りをしていたラファエルだったが、大きな魚が三匹ほど釣れて、今夜の食事はなんとか確保できていた。

「あれ？　ここはどこだ？」

しかし、そろそろ戻ろうと釣り竿を片付けて辺りを見回し、いつの間にか岩場のほうへ流されていたことに気がつく。

島から遠くへ流されるよりはましだが、アンジュのいる小屋の方角から少し離れてしまった。ラファエルは慌ててオールを漕ぎ、岩場に沿って全力でボートを走らせた。

「――うあぁあー…っ！　た、助け…、助けて……ッ！」

ところが、少しボートを走らせたところで、激しい水音と共に男の悲鳴がどこからか聞こえてくる。

オールを動かす手を一旦止めて耳を澄ますと、少し先のほうからバシャバシャと水を打つ音が聞こえた。

誰かいると確信し、ラファエルは慌てて音のほうへと近づいていく。

すると、少し出っ張った岩場の向こうで人が溺れているのが視界に入る。

転覆しかけたボートがすぐ近くにあるので、おそらくそれに乗っていたのだろう。ラファエルは急ぎその場所へ向かって手を差し伸べた。

「大丈夫か!?」

「ぷあっ、あっ、……助け…っ、ぶはっ」

「わかった、わかったから落ち着け！　ほら、ボートに手を掛けるんだ！」

「ん…っ、ぷあっ、は…っ」

「そうだ。助けてやるから安心しろ！　よし、引っ張り上げてやる！」

正直言って、なぜこんなところに人がいるのかわからない。

だが、こんな状況を目撃して素通りできるわけがなく、ラファエルには手を差し伸べること以外は思いつかなかった。

「ぜはっ、ぜは…っ、はっ、はあっ」

なんとかボートに引き上げると、辺り一面に乱れた呼吸の音が響き渡る。

溺れていたのは若い男で、四つん這いになって下を向いているが、着ている服はどう見ても平民のものではない。

しかも、やけに見覚えのある黒髪。

ラファエルはそれを確かめるために男の顔を覗き込んだ。

「もしかして、レヴィ？」

「……っ！　はあっ、はあ…、……」

問いかけるとわずかに肩を揺らし、顔を上げたレヴィと目が合った。

どういうことだ。どうしてレヴィがこんなところにいる？

そのうえ、あんなに乱れていた呼吸は見る間に落ち着きを取り戻し、レヴィは濡れた黒髪を掻き上げると、ふっと唇を綻ばせて膝立ちになった。

「助かったよ。ありがとう」

「あ、あぁ…」

何かがおかしい。

微笑を打ち消すほどの高圧的な眼差しで見下ろされ、ラファエルは違和感を抱く。

しかし、その瞬間、レヴィは口角を最大限に釣り上げてオールを摑み取ると、「さよなら、ラファエル」と囁き、ラファエルの頭部に向かって躊躇なく振り抜いたのだった。

「――ッ!?」

何が起こっているかなど、わかるはずもない。

凄まじい衝撃を感じたのは一瞬だけだった。

ただ、世界がやけにゆっくりと流れていた。オールを持ったレヴィが満足げに笑っていたことや、見上げた空が夕暮れになりかけていたこと、ドボンという水音と共にそれらが遠くなっていくのがラファエルの目にははっきりと見えていた。

――早くアンジュのもとへ戻らないと……。

それでも、頭に浮かぶのは彼女のことばかりだ。

沈んでいく身体はぴくりとも動かない。

海面が遠ざかり、淡い光を瞼の向こうに感じるだけだった――。

＋　＋　＋

一方その頃、アンジュは何かが落ちる音を耳にして目が覚めたところだった。

微睡《まどろ》みからはすぐには抜け出せず、瞬きをしながら天井をしばし眺めていたが、ややあって身を起こし、ぼんやりと辺りを見回す。

「……ここは、あの小屋よね？」

いつ戻ったのだろうと考えていると、服が床に落ちているのに気づいて手に取った。

ラファエルの上着だ。少し温かい。

もしかして、身体にかけてあったのだろうか。

目覚める前に聞いたのは、この服が落ちた音だったのかもしれない。

「ラファエル……？」

アンジュはその上着を抱きしめてソファから立ち上がる。

不意に棒状の何かが壁に立てかけてあるのが目に入り、気になったのでその場所の前でしゃがんで手に取り、長めの枝にラファエルが着ていた白いシャツが括り付けられているのに気づく。

彼が作ったのだろうが何に使うのかわからない。

アンジュは首を傾げてそれを壁に立てかけ直し、もう一度辺りを見回す。

小屋の中はここに初めて来たときよりも綺麗になっていた。またラファエル一人にすべてやらせてしまったと、アンジュは彼を捜すために扉に向かおうとした。

「――大変だ…ッ！」

「きゃあっ!?」

その途端、突然人が飛び込んできた。

ラファエルの声とは違う。驚いて足をよろめかせていると、こちらの存在に気づいた男が息を切らせて大股で駆け寄ってきた。

「アンジュッ！」

「……えっ？　レヴィ!?」

「あぁそうだ。アンジュ、どうか落ち着いて聞いてくれ」

「な、なに？　どうしてあなたがここに……？」

「説明はあとだ！　ラファエルが大変なことになった。木の実をとろうとしていたのか、木から滑り落ちた拍子に崖から転落したんだ！　あぁ、クソ…ッ、とにかく一緒に来てくれ！」

「あ…っ⁉」

レヴィはアンジュの手首を摑み、小屋から連れ出そうとしていた。

何がなんだかわからないアンジュは強引に腕を引っ張られ、戸惑いの声を上げながらも彼について行かざるを得なかった。

「あっ、待って。上着が…っ」

ところが、ラファエルの上着を途中で床に落としてしまう。

拾い上げる間もなく連れ出されそうになり、アンジュはレヴィの腕を振りほどいた。

「アンジュッ、何をしてるんだ？」

「何って…、上着が……」

「そんなものを気にかけている場合か⁉　ラファエルが死んだんだぞ！」

「……え？」

アンジュは目を瞬き、拾い上げた上着を握りしめる。

いきなりすぎて、理解が追いつかない。

——何かの冗談よね？

先ほどまで一緒だったのに、どうしてそんなことになるのだろう。

差しだされたレヴィの手を逃れるように、アンジュはラファエルの上着を抱きしめ一歩下がる。こんな話を易々と信じてはいけない。だってあまりにもおかしい。

「死んだなんて、どうして断言するの？　あなたはラファエルをどこで見ていたの？」

「え？」

「そもそも、あなたがこの島にいるのはなぜ？　いつからここにいるの？」

「あ、あぁ…それは……、……この島の近くで船が座礁してしまってね。二日前…、だったかな。ボートに乗って漂流していたら偶然辿り着いたんだよ。それで…、食料を探しに歩き回っていたらラファエルを見つけたんだ。……死んだと言ったのは、海に潜って彼を捜したけど見つからなかったからだよ。溺れているなら助けなければと思ったんだ。人として当然のことだろう？」

レヴィは項垂《うなだ》れ、沈んだ表情を浮かべていた。

言われてみれば彼は全身ずぶ濡れだ。濡れた黒髪が頬にかかり、雫が涙のように顎を伝いポタポタと床に落ちていく。服も水を含み、足元には水たまりができていて、嘘をついているとは言えない姿だった。

「アンジュ…、信じたくない気持ちはわかるよ。だけど、今は僕を疑っている場合か？　ラファエルが死んだと聞いても君は確認もしないというのか？」

「それは……」

「おいで、とにかく一緒に来るんだ」

「……っ」

だけど、レヴィの目が怖い。

アンジュは腕を掴まれそうになってビクッと肩を震わせ、さらに後ろに下がった。

「……なぜ逃げるんだ？」

「わ、からない……」

レヴィはわずかに唇を歪め、なおも近づいてくる。

アンジュも同じだけ下がったが、この小屋はそう広くない。

「あ…っ⁉」

繰り返しているうちにソファに足を引っ掛けてしまい、後ろに倒れ込んでしまう。

幸い床に転倒することなくソファに腰掛ける恰好となったが、レヴィは真ん前に立ってアンジュを見下ろしていて、立ち上がろうにも立ち上がれない。

それでも逃げ場を求めて腰を浮かせると、彼はアンジュの身体を両脚で挟むようにしてソファに膝を乗せ、頭の両側に手をついた。

「ここにいたいと望むならそれでも構わない。君の気持ちは察して余りある。泣きたいなら一晩中でも胸を貸すよ」

そう囁くとレヴィはなぜか上着を脱ぎ始める。

「なに…？」

「なにって、こんな濡れた恰好じゃ君を抱きしめられない」

驚きを無視してレヴィはクラバットを取りながらシャツのボタンを外していく。

途中邪魔になったベストも見せつけるように脱ぎ去り、それらをテーブルに放り投げると、彼はこちらをじっと見下ろしながら残りのシャツのボタンを外した。

別に泣きたいとも、胸を貸してほしいとも思っていない。

アンジュはそう思いながらラファエルの上着を皺になるほど握りしめ、徐々にレヴィの肌があらわになっていく様子に怯《おび》えていた。

「どうかな？」

「……え？」

「こう見えて結構鍛えてるんだよ。ラファエルともそう変わらないんじゃないかな」

アンジュは身を固くして、ふるふると首を横に振った。

鍛えているから何だというのだろう。そんなふうに見せつけられても何も思わない。

大体、ラファエルが死んだと飛び込んできたくせに、こんなふうに余裕たっぷりの顔で胸を貸そうだなんておかしいにもほどがある。

そうだ、最初からおかしかった。

レヴィは『大変だ』と叫びながら小屋に入ってきたが、考えてみると、あれは誰かがいるのをもともと知っていたとしか思えない行動だ。

――レヴィは私がここにいるのを最初から知っていた……？

なら、ラファエルは？

日が暮れようとしているのに、彼は戻ってくる気配もない。

「……ッ」

頭の中にラファエルが死んだというレヴィの声が蘇り、アンジュはぶるっと震えた。

もしかして、本当に何かがあったのだろうか。

レヴィが…、何かをしたから戻って来られないのだろうか。

「レヴィ、そこをどいて…ッ」

「どうして?」

「ラファエルを捜しに行くわ……っ」

「あぁ、なるほど」

青ざめるアンジュを見下ろして頷くが、レヴィは動こうとしない。

彼は喉の奥でクッと笑いを噛み殺すと、はだけた胸をそのままにしてアンジュをその腕の中に閉じ込めてしまった。

「いや…っ!」

「大丈夫、怖いことなんてないんだ。君は逞しい男が好きなんだろう? すぐにこの身体も気に入るはずだ」

「や、放して……、——え?」

もがくアンジュだったが、その囁きに一拍遅れて動きを止め、息をひそめてレヴィを見上げる。

それは座礁する前の船の中でしかしたことがない、ラファエルしか知らない話だ。

アンジュは唇を震わせ、不敵に笑うレヴィの瞳にごくっと喉を鳴らした。

「――おい、おまえ。なに人の女に触ってんだ」

しかし、恐ろしい考えが頭を過ったそのとき、低い声と共に突如人影が現れた。

「ぐ……ッ!?」

その人影はレヴィの首に腕を巻きつけると、そのまま後ろへ引き倒し、全身を床に叩きつける。レヴィは完全に油断して無抵抗だったため、受け身も取れずに倒れ込み、同時にアンジュを拘束する腕が離れていった。

「……あ」

アンジュはわずかに息をついて薄暗い中に立つ人影に目を移す。

床に倒れたレヴィを見下ろすその表情はここからではよく見えないが、馴染んだ声と見覚えのある身体の線でそれが誰かなんて聞くまでもない。無事だったことに胸を撫で下ろし、アンジュはラファエルに駆け寄ろうとした。

「げほっ、がほっ、げほげほ！」

「……いたッ!?」

だが、ソファから立ち上がる前に、いきなり足を摑まれる。

痛みを感じるほどの力に顔をしかめて見下ろすと、激しく咳き込んだレヴィが鋭い眼差しでこちらを見上げていた。

「げほげほッ、っは、はあっ、ゲホッ…ッ、逃がさ、ない…ッ」

「レヴィ…ッ」

向けられた鋭利な眼差しに、アンジュは身を震わせる。

一体、レヴィに何があったというのだろう。

少なくとも、これほどなり振り構わない人ではなかったはずだ。怯えたアンジュがソファに座り直すと、レヴィは摑んだ足を放して、よろめきながら立ち上がった。

「はぁ、はあっ、…はぁ、……、――ッ!?」

ところが、一拍置いたあとのレヴィの動きが何かおかしい。

初めは先ほどまでの不気味な空気を全身から放っていたが、息が整いだすと眉を寄せたり頬をひくつかせたりと忙しく表情を変え、凄まじい速さでラファエルを振り返った。

レヴィはその姿を視界に収めるや否や、よろよろとよろめき、誰でもわかるほどの激しい動揺を見せたのだ。

「どっ、どうやって戻ってきた!?」

「……どうやってって、泳いでだよ。ボートが消えてたから」

「あの距離を泳いで……？」

二人が何の話をしているのかアンジュにはわからない。

だが、左の額を手で押さえ、やや足元をふらつかせて立つラファエルの姿はどこか弱々しい。そのうえ、「あれ、泳いだかな…？」などと疑問を口にしたりして、自分が本当はどうやって戻ってきたのかもわかっていない様子だった。

「とにかく、アンジュから離れ……、えっ？　なんでレヴィがここにいるんだ？」

「……そ、それは…、船が座礁したからだ」

「へえ、大変だったね。俺たちも船が座礁して、この島に来たばかりなんだ。……ん？　そういえば俺、釣った魚をどこへやったんだ？　あぁ…、ボートに置きっぱなしだっけ。ボート…？　──あぁッ！　アンジュ、ごめん！　ボートをどこかに置き忘れてきたみたいで、夕食がフルーツだけになっちゃったよ！」

「え、ええ。それで充分よ。ありがとう……」

「お腹空いたよね？　そういえば俺もペコペコだ……」

ラファエルは何か混乱しているようだった。

しかも、この状況で、ぐぅ…とお腹を鳴らしていて、自分の腹をさする悲愴な顔には先ほどまでの緊張感がない。

今の話でアンジュは自分が寝ていた間に彼が何をしていたのか、おおよその理解はできたが、魚を釣りに行ってボートを忘れたという異常さに疑問を感じた。

それだけでなく、レヴィはラファエルと何かがあったと匂わせる発言をしているのに対して、ラファエルのほうは今ここで初めてレヴィと会ったと言わんばかりの顔をしているのが気になる。頭からつま先まで全身ずぶ濡れでいるのも気になることの一つだった。

「ラファエル…、君のそれは演技か？　それとも本気か？」

「……？　……それよりレヴィ、いつになったらそこをどくんだ？　座礁して不安だったのはわかるけど、それとこれとは話が別だ。アンジュに抱きつくのは反則だろ？」

ラファエルは問いかけに額を押さえ、一瞬考える素振りを見せたものの、結局何も答えずに話を変えてしまう。

アンジュにはそれが演技ではないとわかったが、レヴィはやや苛ついた様子で髪を掻き上げて深く息をついた。

「相変わらず、君と話していると頭が痛くなるな」

いつの間にか、レヴィからは先ほどまでの動揺が消えていた。

しかし、落ち着きを取り戻したように見えても、依然として眼差しは不安定に揺れている。

「俺はレヴィと話すのは嫌いじゃないよ」

そして、その不安定さはラファエルに伝わっていない。

ラファエルが答えた途端、レヴィはカッと目を見開き、突然怒りをあらわにした。

「僕は君のそういうところが大嫌いなんだ！　能天気なその頭の中を一度覗いてみたいものだよ！」

「……？」

「ラファエル、君は昔からそうだった。何をされてもヘラヘラと笑ってばかりだ。何がそんなに楽しい？　何が笑える？　頭がおかしいんじゃないのか!?」

「……何の話？」

「またそうやってとぼけるつもりか？」

「別にそんなつもりはないけど……、なんで怒ってるんだ？」

ラファエルが不思議そうにするほどレヴィの怒りは増す一方だ。

アンジュは二人がこうして話しているのを初めて見たが、あまりの温度差に驚くばかりだ。その間にもレヴィの熱量はさらに増して、憤りをぶつけるように彼はテーブルを思い切り蹴りつけた。

「昔はブクブク太った君の身体が気に入らなかったなぁ…。だから会うたびにつねってやったし、酷い言葉も投げかけてやった。あぁ、動きが遅くて苛々するから、足を引っ掛けてわざと転ばせたこともあったよ。買ってもらったばかりだと言っていた絵本は隠してやったし、皆の前で恥をかかせてやろうと裸に剝いてやったときもあった。にもかかわらず、君は泣き顔を見せるどころかヘラヘラと馬鹿みたいに笑ってばかりだった！　会うのは年に数回程度だったのになんなんだ!?　あれほど僕を苛つかせたのは君だけだ！」

そこまで言うと、レヴィははぁはぁと息を弾ませ、ラファエルを睨みつける。

後ろで話を聞いていたアンジュは、なぜ今そんな話をするのかと疑問を感じたが、知らないところでラファエルがずいぶん虐《いじ》められていたと知って驚きを隠せない。

おまけに、一方的にやっておきながら、どうして偉そうにしているのだ。

笑顔の裏でラファエルはさぞ苦しんでいたに違いないと胸を痛めたアンジュだったが、当の本人はぽかんとして首を傾げていた。

「……そんなことあったかな？」

「――っ!?　きっ、君はあれか!?　万年記憶喪失を患っているのか!?」

「そう言われても」

「～…ッ、……あ、あぁ、そうか。ではこれならどうだ。君の大好きなアンジュの話だ」

「アンジュの話……？」

それまでラファエルはぼんやりとした受け答えに終始していたが、アンジュの話を出された途端顔色が変わった。

レヴィはそれを見て何を思ったのだろう。

突然アンジュを振り返り、愉しげな眼差しと視線がぶつかる。

なぜ笑っているのだ。嫌な予感がして逃げ場を探そうとしたが、その前に強引に立たされ、ラファエルに見せつけるように抱きしめられてしまった。

「あ…っ!?」

「アンジュッ!!」

「動くなよ。うっかり彼女の唇を奪ってしまうかもしれない！」

「……ッ！」

レヴィは唇を歪め、身動きの取れなくなったラファエルを嘲笑う。

「……なぁ、ラファエル。君は秘めた恋というものを知っているか？　僕は時々アーチボルド家で見かけた彼女に何年も片思いをしてきたんだよ。男として僕のほうが遥かに上回っているのに、すでに婚約者がいるという理由で諦めるしかないなんて、世の中はあまりに残酷だ。……けれどラファエル、君はやはり馬鹿だった。彼女のような人を放っておけば、男たちが群がるに決まっている。実際、そんな話はあちこちからあったようだし、僕もその一人だった。だが、君は婚約者という立場に胡坐《あぐら》をかいて何の動きも見せなかった。口ではアンジュアンジュと言っているが、所詮その程度の気持ちだったんだよ」

レヴィは馬鹿にした口調で笑い、黙り込むラファエルを勝ち誇った様子で見ている。

しかし、すでにアンジュと結婚した彼にそれを言って何の意味があるのだろう。大体、レヴィを含めた男たちからの求婚はすべて断っていたわけで、ラファエルが船に乗った本当の理由を知った今となっては、これが動揺を誘える話になるとは思えない。

「君は二年の間、僕とアンジュの間に何もなかったと思っているのか？」

「……？」

「僕は君がいない間、幾度となくメレディス家を訪れて結婚の申し出をした。そこでは彼女と会うこともあったし、時々は二人で会うこともあった。一向に戻らない婚約者に胸を痛める彼女を慰めているうちに、アンジュが僕に好意を寄せるようになったとしても何ら不思議はないとは思わないか？」

「な、なにを…ッ、——んんッ!?」

どうしてそんな嘘を言うのだ。アンジュは抗議の声を上げようとしたが、見計らっていたように口を押さえられて言葉を封じられてしまう。

レヴィは抱きしめる腕に一層力を込め、アンジュの首筋に唇を寄せて笑った。

「あぁ、そういえば狭い馬車の中で二人きりになったことがあったね。アンジュの甘い香りが漂って、あのときの僕はいつになく大胆になってしまった。膝を軽くぶつけると、彼女は恥じらって顔を背けたんだ。手を握ったら上目遣いで可愛く睨まれたよ。あぁ、そうだよ。ラファエル、君がいない間、僕たちの距離は確実に近づいていた！」

「レヴィ…」

「今だってそうだ！　久々の再会が嬉しくて抱き合っていただけだよ。運命を感じていたところだ。いいところだったのに邪魔したのは君のほうじゃないか！」

「レヴィ…ッ！」

「……なんだい？」

「……、……いい加減アンジュを放してくれないか」

「……ッ！」

おそらくレヴィは激昂するラファエルの姿を期待していたのだろう。

嬉々とした表情で嘘を織り交ぜ惑わそうとしていたのに思っていた反応が得られず、忌々しげに歯噛みしている。

一方で、アンジュは今のラファエルに肝を冷やしていた。

一見冷静に見えるが、表情がまるでない。それは彼がマイクに嫉妬したときに見せたものに近かったが、今はそれより遥かに冷たく感じ、怖いと思うほどだった。

「ずいぶん余裕なんだな…」

レヴィはそれを理解できていない様子だ。

ラファエルの反応が薄いほど感情に火がつくのは見ていれば予想できることだ。

このままではさらに挑発的なことをしかねないと、懸念を感じた直後のことだった。

「ならば、これでどうだ！」

「……ッ!?　い、やぁ…ッ」

レヴィは口を押さえていた手でアンジュの顎を摑んで上向かせると、皮肉な笑みを浮かべながら口づけようとしてきたのだ。

顔を背けようとしても、力の差は歴然としてびくともしない。

これが好きな相手にすることだろうか。何の思いやりもない乱暴なやり方は当てつけとしか思えないのに、それを振り払えない非力さが惨めなものだとアンジュは初めて知った。

「――がっは…ッ!?」

だが、唇が触れかけたそのとき、ガツッと激しくも鈍い響きがアンジュの耳朶を打った。

同時に怒りで血走ったラファエルの眼差しが目に飛び込み、レヴィの顔が瞬時に視界から消え去る。わずかに遅れて拘束の手が離れ、アンジュは傍を通り過ぎるラファエルの横顔を目にした。

「……あ…っ？」

頭を後ろに反らせ、ラファエルはよろめくレヴィに頭突きをする。

すると、ガツッとまた鈍い音が響き、追い打ちをかけられる恰好となったレヴィの身体は見る間に床へ向かって崩れ落ちていった。

「う…、ぐうぅ」

しかし、ラファエルはレヴィが倒れるのを許さない。

獰猛な眼差しではだけたシャツを摑んで強引に引っ張り上げ、そのまま壁に向かって乱暴に叩きつける。

低い呻きが上がったが、それでも動きを止めようとしない。ラファエルは壁に跳ね返った身体に合わせるように両足を踏みしめると、何の躊躇もなくレヴィを思い切り殴り飛ばしたのだった。

「きゃあぁ…ッ！」

大の男がなすすべもなく弧を描いて空を舞い、開きっぱなしだった扉の向こうへと追いだされるかのように消えていく。

ラファエルはなおも追いかけようとしていた。

これ以上はさすがにやりすぎだろう。

そう思ったが、今のラファエルならレヴィが完全に動かなくなっても止めない気がして、アンジュは小屋から出ようとする背中を追いかけ、その腰に力いっぱいしがみついた。

「だめっ、これ以上はだめっ！」

「……、……だめ」

小さく反応はするが彼の動きは止まらない。

アンジュはしがみついた状態で引きずられたが、彼を止められるのは自分しかいないと必死に呼びかけた。

「ラファエルッ、ラファエル、ラファエル……ッ!!」

「――ッ!?」

続けて名を叫んだ直後、ラファエルは激しく身体をびくつかせる。

耳に届いたのだろうか。まだわからないものの、彼はそこでようやく踏み留まり、身を固くしたまま無言で息を弾ませていた。

いつの間にか完全に日が沈んでいる。

開いた扉からわずかに降り注ぐ月光が自分たちをぼんやりと映しだす。

息を弾ませるたびに彼の肩が大きく上下し、やがてそれが落ち着いてくると小屋は静寂に包まれる。程なくしてラファエルは己の左の額を押さえながら、腰にしがみつくアンジュをゆっくり振り返った。

「俺…、アンジュの前でなんて乱暴な真似を……」

「ラファエル……」

「ごめん…、ごめん、ごめん……っ」

か細い声で何度も謝罪され、驚いたアンジュは急いで彼の前に回った。

「ラファエル、どうして謝るの?」

「……怖がらせて…、ごめん」

声をかけると泣きそうな顔で項垂れるので、アンジュはなんだか堪らなくなって目の前の大きな身体を抱きしめる。

すると、堰を切ったようにラファエルは悲痛な声を上げた。

「だけど、どうしても許せないんだ…ッ！　どうしてこんな卑怯な真似をするんだ!?　なんでアンジュを傷つけるんだよ……ッ!?」

ラファエルは扉の向こうにいるレヴィに対して憤りをぶつけているようだった。

だが、レヴィに意識はないのか、大の字に倒れたままぴくりとも動かない。

アンジュはそれを横目にラファエルを強く抱きしめ直し、少しでも落ち着かせなければと耳元で囁いた。

「大丈夫、何もされてないわ」

「……、……えっ」

「本当よ。こんなことで嘘なんてつかない。だってラファエルが助けてくれたじゃない。私、あなた以外の人とキスなんてしてないわ」

「……っ」

「あなたが我慢していたのはちゃんとわかってる。レヴィの言うことを聞いて動かなかったのも知ってるわ。……私のために怒ったのね？　怖いなんて思うわけないでしょう？」

「アンジュ……」

「助けてくれてありがとう」

「……ッ」

ラファエルは目に涙を滲ませ、アンジュの肩に顔を埋める。

ようやく少し落ち着いたのがわかって、アンジュのほうも息をつく。途中で彼が怒っていたのは気づいたが、まさかあんなふうに怒りが爆発するとは思いもしなかった。

それだけ許せなかったということなのだろう。

なのに我に返った途端、小さな子のように許しを請うから、本当は少し怖いと思っていたのに、その気持ちはすっかりどこかへ行ってしまった。

「──よぉっ、ラファエル！　これはまたずいぶん派手にやったなぁっ！　こいつ完全に伸びてるじゃねぇか！」

と、そのとき、しんみりした空気をかき消す呑気な声が、唐突に扉の向こうから聞こえた。

「えっ？」

なんだか聞き覚えのある声だ。

おまけにいくつもの足音が近づく気配までしてきて、ラファエルとアンジュは顔を見合わせ、まさかという思いで外に顔を向けた。

「……ッ、ゴードン、…サムッ！　他の皆も…ッ!?」

いち早くラファエルが声を上げると、レヴィの横でしゃがんでいたゴードンとサムが立ち上がる。見れば他の水夫たちも海辺から続々とこちらへ向かってくるところだった。

「遅くなって悪かったな」

「え？　えっ？　どういうことだ？」

「いや、こっちも色々あったんだ。船が消えてるわ、サムの馬鹿野郎が用意した馬車にうっかり乗って帰ったって言うわで大騒ぎになってよ。一瞬、ラファエルが船を出したのかとも思ったんだが、ロープを切断していた例の犯人が真犯人の存在を話しだしたって報せが入ってな……。慌てて捜索の船を出したのに、やっと見つけた船は座礁してるし、中には誰もいないしで、また大騒ぎよ。そうしたら、サムが前に漂流したときのことを思いだして、もしかしたらって言うんで念のためにこの島に寄ったってわけだ」

「……そう、だったのか」

ゴードンはサムの頭を小突き、サムは「すまねぇ！」と眉を下げて謝っている。

それを見てラファエルは納得した様子で頷いていたが、気が緩んだのかいきなり足をよろめかせた。

「……あ、あれ……。なん、だろ……、急に力が、抜け……」

「ラファエル？　え？　どうしたの、ラファエルッ!?」

「う…ん？」

だが、気が緩んだにしてはおかしい。

ラファエルはガクンと膝を折り、額を押さえながらその場にくずおれてしまったのだ。

その様子に顔色を変えたゴードンが駆け寄ってきて、倒れた身体を支えながら水夫の一人から受け取ったランプをラファエルにかざした。

「おい、こりゃあ、……すごい出血だぞ！」

「えっ!?」

「ここじゃ何もできねぇ。とりあえず場所を変えよう。おい、おまえら！　俺はラファエルを船に運ぶから、誰かそこで伸びてるやつを運んでこい！」

ゴードンがラファエルをおぶって指示を出すと、水夫たちが一斉に動きだす。

なんてことだろう。ラファエルが小屋に来たときはすでに薄暗かったから、怪我をしていたことに気づけなかったのだ。

けれど、頻繁に額を手で押さえていたのは知っている。

きっと頭が痛くて、だから言動もどこかおかしかったのだ。

「ラファエル…ッ！」

「……ん、アンジュ……」

早足のゴードンの横を並走していると、ラファエルの目がうっすらと開く。

どこか虚ろな、そして少し潤んだ眼差しがアンジュを捉え、ため息をつくような小さな声で囁いた。

「そんな顔しなくていいよ。少し寝たらすぐに元気になるから」

「でも…っ、でも……ッ」

「本当だよ。俺、思いだしたんだ。……海の中に沈んでいく途中、アンジュのところに帰ろうって思ったらいつの間にか泳いでたんだ。気づいたらあの小屋に戻ってた。すごいよね。思うだけでそうなんだから、傍にいたらもっとすごい力が出せると思うんだ」

「傍にいるわ…ッ、ずっとずっと一緒よ……ッ！」

「なら、少しも不安に思うことはないよね」

ラファエルは微笑むと目を瞑り、ゴードンの背に身を預けた。

海の中に沈んでいくとはどういうことなのか、はっきりしたことはわからないが、それがレヴィとの間にあった出来事を指していることは想像できる。

アンジュは息を乱しながら自分の胸をぎゅっと押さえた。

絶対に彼を失いたくない。

息を震わせ、足がもつれそうになりながらも懸命に走った。

ラファエルはそんなアンジュを心配してか、時折思いだしたように目を開ける。

そのたびに『泣かないで』と慰められてしまって、胸が張り裂けそうだった——。

第八章

アンジュたちは乗船してすぐにベッドがある船長室にラファエルを運び、万が一のために同行していた船医に怪我の具合を見てもらっていた。

白髪の船医は血だらけのラファエルを見たとき、一瞬だけ険しい表情を浮かべた。

しかし、慌てることなくランプの光を当て、眼球の動きを確かめて下瞼をめくると、小さく「あぁ…」と呟き、額の傷を見ながら傍で泣きはらしたアンジュに話しかけてきた。

「何日かは安静にしていたほうがいいが、そう深刻にならんでも大丈夫だろう」

「本当ですか!?」

「あぁ、打ちどころがよかったというべきか、頭の怪我は少し大げさに血が出るものでな。話を聞く限り、かなり動きまわったようだし、出血しすぎて貧血を起こしたんだろう。傷口も…、まぁ、この程度なら縫うほどではないか。こうして日に何度か薬を塗って包帯を新しくしてやるといい。青タンとたんこぶが痛そうだが、これは我慢するしかあるまい。

……にしても、オールで殴られてこんなもので済むとは頑丈な男だ」

傷口を水で洗い流し、薬を塗りながら白髪の船医は豪快に笑う。

アンジュが盛大に胸を撫で下ろしていると、その場にいたゴードンに「よかったな」と言われてまた涙腺が緩んでしまった。

ちなみに船医への状況説明はアンジュがしていたが、オールで殴られたことは怪我を見せているときにラファエル本人が話し、そこで具体的な経緯を知ったのだ。

釣りを終えて島に戻ろうとボートを漕いでいたところ、溺れている男を見つけて助け、その直後にオールで殴られたと――。

ラファエルは飄々《ひょうひょう》とした様子で打ち明けたが、アンジュはそれを耳にしたとき、一歩間違えば彼と二度と会えなかったのだと知り、想像しただけでゾッとさせられた。

同時にゴードンに背負われていたときに彼が囁いた言葉を思いだし、殴られて海に沈んでいく間も、ラファエルは決して生きることを諦めなかったのだと知って涙が止まらなかった。

その後は、ひととおりの処置を終えて白髪の船医が部屋を去り、ゴードンも人に呼ばれて席を外したため、アンジュはラファエルと二人きりになっていた。

だが、ほとんど話をする間もなく、二人になった途端に彼は眠ってしまった。

疲れの滲んだ顔。包帯を巻いた額が痛々しい。

ラファエルが昨夜から一睡もしていないことに今さらながらに気づく。

彼はアンジュを守るためにずっと頑張り続けていたのだ。

静かになった船室で、アンジュは気絶するように眠ったラファエルの手を自分の頬に押し当てる。船はとうに港に向けて舵を切っていて、到着するのは夜明け前だ。それまでこの温もりを噛み締めていようと思った。

――コン、コン。

どれくらい時が経ったのか。

しばらくすると、扉をノックする音が遠慮がちに響く。

ラファエルはピクリとも動かず、起きる気配もない。

アンジュは彼の眠りを邪魔しないように、静かに部屋の扉を開けた。

「……ゴードンさん？」

「あ、あぁ…。ラファエルは……」

「ええ、よく眠っています」

「そうか。なら…、少しいいか？　時間は取らせない」

「はい」

やってきたのは神妙な顔をしたゴードンだった。

本当はラファエルに用があったのだろうか。

疑問に思いながらもアンジュは素直に頷き、ゴードンのあとをついて行く。

途中、今、舵を取っているのは普段この船を動かしている者だと誰かが言っていたのを思いだす。ゴードンもさぞ胸が詰まる想いを味わっていることだろう。座礁したあの船を彼はとても大事にしていたようだった。

甲板に出ると、さぁっと潮風が吹き抜け、波打つ髪を押さえながら辺りを見回す。

人の気配はなく、すでに皆、下層で休んでいるのかもしれなかった。

「――バークレー家の…、レヴィといったか。一時間くらい前に目が覚めたんだ」

中ほどまで歩くとゴードンはアンジュを振り返る。

息を呑むと彼は小さく頷き、眉根を寄せて話を続けた。

「そしたら、この世の終わりみたいな顔で〝いっそ死んでしまえばよかった〟なんて項垂れてさ……。俺も船があんなふうになって、腹が立ってたからなんか言ってやろうと思ってたんだが、きっかけを失っちまった。それで、落ち着かせてヤツと二人で話したんだよ。それを一応耳に入れておこうと思ってな。あとでラファエルにも話してくれるとありがたい。今回のことでゴタつけば、ゆっくり話す時間もなかなか取れないだろうから」

「ええ、それは……。なんだかゴードンさんには面倒をかけどおしで、なんと言っていいか……」

「いっ、いや…っ、そんな大したことじゃ……」

ゴードンは恐縮した様子で、首をブンブンと横に振っている。

それをじっと見ていると、彼は照れくさそうに頬を掻き、咳払いをして海のほうへ顔を向けた。

「そっ、それで…、あの男…、レヴィのことだが…」

「ええ」

「これはアンジュさんも知ってる話だろうが、レヴィは十五歳で爵位を継いだ直後、両親が失踪して莫大な借金を背負わされたらしいんだ。特に父親の知り合いだったアーチボルド伯にはかなりの借りがあったとか」

「……それとなく聞いたことは」

「同じ伯爵家でありながら、没落間際のバークレー家と裕福なアーチボルド家。気に入らないことがあるとすぐに暴力を振るう両親を持つ自分と、優しい両親から深い愛情を一身に受けるラファエル。レヴィは幼い頃から自分が生まれた環境を呪い続けてきたそうだ。……想像するまでもない。羨ましくて仕方なかったんだろうよ。それでもレヴィは反骨精神で事業を興してアーチボルド家を追い抜こうと踏ん張ってきたらしい。少々強引なやり口ながら商才もあったんだろう。躍進を続け、たった三年で借金はすべて返済。王家専用の積荷を扱う話まで舞い込み、すべてが順調に回っていた」

そこまで言うと、ゴードンは険しい表情で船をぐるっと囲む舷縁《ふなべり》に手をかけた。

しかし、アンジュは今の話に引っかかりを覚える。おぼろげだが、『王家専用の積荷』の話を酒場で聞いた気がしたのだ。

記憶が確かなら、請け負うことになったのはアーチボルド家では……。

疑問を抱いていると、それに気づいた様子のゴードンが話を続けた。

「あぁ、世の中そんなに甘くない。もちろん、競合する他の…アーチボルドにも同じ話がいっていることはレヴィにもわかっていた。だが、この仕事を請け負うことができれば将来的にさらなる成長が約束されるうえ、王家御用達の貿易商会となれば箔もつく。是が非でもものにしたかったレヴィは自分に有利に働くように王宮の役人を買収し、勝利を確信した段階で王家専用にと特別製の船を何隻も買い揃えたらしい。——ところが、蓋を開けてみればバークレーは見事に惨敗。長年の実績が認められたアーチボルドが一手に引き受けることとなったのが半年前の話だ。しかも同時期にレヴィが金をばらまいた役人の何人かが失脚したらしい。真偽は不明だが、買収がバレたのかもしれないな」

「買収……、そんなことまで……」

そういえば、港で真新しい船を何隻も見た。

ラファエルが帰港した日のことを思いだし、アンジュはため息をつく。

半年も前のことなら、あのときはとうに決まっていた話だ。

レヴィは自分の船を自慢げに語っていたが、本当はどんな心境だったのだろう。想像するだけで虚しさがこみ上げ、何とも言えない気持ちになった。

「結局、船を購入した費用は莫大な借金として残り、事業が立ち行かなくなる懸念まで出てきた。そんなある日、レヴィはふとした思いつきで、港の近くをフラフラ歩いていた男に声をかけたらしい。……それが、船を係留するためのロープを切断していた例の犯人ってわけだ。まともに船の管理もできないやつらに大切な積荷を扱う資格はない。世間の評判を落とす狙いと、王家の仕事が再び自分のところへ転がってくる可能性に縋り付いたんだろう。まったく、地味なくせに嫌な方法を思いついたもんだ。毎日のように船を見張っていたおかげで、俺たちは寝不足の日々を送る羽目になったんだ」

苦笑を浮かべ、ゴードンはアンジュに目を向ける。

捕まったのは最近職を失った男だったと聞いたが、そんな裏があったと誰が想像できるだろう。

振り回されたほうはたまったものではない。

ゴードンたちの苦労を思うと、アンジュはただ頷くことしかできなかった。

「その犯人が捕まったことで、レヴィはさらに追い詰められてしまったんだろうな。金で雇っただけでそいつとは信頼関係があるわけじゃない。いつ自分が真犯人だとバラされるかわからない不安と誰一人頼りにできないという憤りで気持ちがバラバラになり、気づいたらナイフを持って夜の港に足を運び、自ら船のロープを切断していたそうだ」

「じゃ、じゃあ、昨夜私たちが船に乗ったとき、近くにレヴィが？」

「そういうことになるな」

「……っ」

「ただ、それはレヴィにとっても想定外の出来事だったのは間違いない。二人が船に乗り込む姿に驚いていると、少しして切断中のロープが強風で完全に千切れ、咄嗟に自分も船に乗り込んだらしい。ラファエルはどうでもいいが、あんたは助けたい。初恋の相手だって言ってたよ。ラファエルのいない間、何度も求婚されてたんだってな」

「えぇ…」

「……レヴィは船に乗り込んだあと、しばらく息をひそめて二人の様子を窺っていた。そのうちにラファエルの話が耳に入ってきたらしい。俺には意味がよくわからなかったんだが、船に乗った二年間を多少は見直していたのに、あんなに馬鹿な動機だったとは思わなかったと、そんなことを言ってたな。生きることに必死だった自分との違いを見せつけられたようで、何かがぷっつりと切れたとも言っていた。すべてが馬鹿馬鹿しい。ラファエルなんて死んでしまえばいい。そして、あんたを自分のものにして人生をやり直す。本気でそう考え、レヴィはあの島までボートで追いかけたと――」

そこまで話すと、ゴードンは後頭部を掻き、何度目とも知れないため息をつく。

だが、彼はその余韻を引きずることなく、次の瞬間、思いもよらぬ行動にでた。

何を思ったか、サッとアンジュに向き直ると、いきなり深く頭を下げてきたのだ。

「俺も責任感じてるんだ。事件が解決したと思い込んで、船の中を見せてやれなんて言っちまった。サムの野郎も馬車に乗って帰っちまうし……。とんでもない失態だよ。俺らが悪いほうへ導いちまったみたいなもんだ。本当にすまねぇ。一歩間違えれば、本当に取り返しのつかねぇ事態になるところだった！」

「えっ!? ゴードンさん、何をしているの？　お願いやめてっ。助けに来てくれて感謝しかないのに、そんなのは違うわっ！」

突然頭を下げるゴードンにアンジュは慌て、首を横に振りながら彼の腕を摑んだ。

ラファエルもレヴィも倒れたあの場所で、自分だけだったらどうなっていただろう。

考えただけで恐ろしい。彼らに感謝こそすれ、謝罪される理由などあるわけがなかった。

「そうだよ。俺もアンジュも、ゴードンやサムが悪いなんて思ってもいない」

「――ッ!?」

と、そのとき、後ろから唐突に声がかかり、ハッとして顔を向ける。

いつの間に起きたのか、船長室から続く扉の前に、若干むすっとした様子で腕組みをしたラファエルが立っていた。

「ラファエル、起きても大丈夫なの!?」

「そうだぞ。何日かは安静にしてろって言われただろ!?」

「そんなこと言ったって、アンジュの気配がないから目が覚めちゃったんだよ……」

少し不機嫌に見えるのは、それが理由だったみたいだ。

アンジュとゴードンが顔を見合わせて苦笑すると、ラファエルは眉をひそめてゴホンゴホンとわざとらしく咳払いをする。そのまま自分の腕を何度もペチペチと叩き始めたのだが、その行動の意図がアンジュには摑めない。

しかし、程なくしてゴードンが「うぉっ!?」と叫んで身体をびくつかせ、その動きが手のひらを伝ったことで、アンジュはラファエルが言わんとしていることを理解した。

先ほどの謝罪のやり取りで、気づかぬうちにゴードンの腕を触っていたのだ。

「ごめんなさい！」

「きき、気にしないでくれ！」

「ちょっと、ゴードン！　なんでまたよだれが垂れてるんだよ！」

「うおぉ…っ!?　ちっ、違うんだって！　これは男の生理現象みたいなもんなんだっ」

ラファエルの指摘にゴードンは慌てふためき、垂れたよだれを手の甲で拭い、アンジュからぱっと距離を取った。

「……ったく、まいったな。アンジュさんのことになると、どうしてこうも目の色が変わるんだ……。婚約者にノロケる姿をからかうつもりで軽口を叩けば、時々びっくりするような怖い顔を見せるしよぉ…」

「怖い顔？」

「自覚なしか……。俺らも悪ふざけが過ぎることもあったけどよ……。まぁ、そんなことより、アンジュさんをあまり困らせるようなことはすんなよな」

「……？　それは当然だろ？」

不思議そうに首を傾げるラファエルに、ゴードンは諦めたように笑った。

そのまま自身の顔をバチンと叩いてから昇降口に向かう姿に、このまま下層へ行ってしまうのかと思ったが、彼は階段を一段下りたところで足を止め、ラファエルに顔を向けた。

「おい、ラファエル！」

「うん？」

「とっとと傷を治して、俺たちにまた元気な姿を見せに来てくれよな！」

「わかってる。あ、ゴードン！」

「あ？」

「色々ありがとう。今回の件では、もう二度と謝罪は受け付けないよ」

「……ッ、おう…っ！」

ラファエルの言葉にゴードンは顔をくしゃっと崩し、アンジュにも笑顔を向けてからヒラヒラと手を振り、今度こそ下層へと下りていった。

だんだんと小さくなっていく足音に耳を澄ませ、アンジュはラファエルのほうへ歩きだす。それに気づいた彼のほうもこちらへ向かって歩きだし、互いに伸ばした手を繋いでから微笑み合った。

「いつからここにいたの？」

「……ゴードンがレヴィの生い立ちを話し始めた辺りからかな」

「それって最初からじゃない。話しかけてくれればよかったのに」

「そうなんだけど、全部聞いてからでもいいかと思ってさ。あんなふうに頭を下げるなんて考えもしなかったし」

そう言うと、ラファエルはアンジュの手を少し強く握る。

口を一文字に引き結び、やや強張った表情だ。その顔をじっと見ていると、彼は少し情けない顔で笑った。

ラファエルは先ほどの話を聞いて何を思っていたのだろう。

さまざまな偶然も重なって、ラファエルが船に乗ることとなった本当の動機をレヴィが知り、あのような凶行に出たと言うが、アンジュはどうにも納得ができずにいた。

追い詰められていたのはわかるが、それが理由でラファエルに牙を剝いたりアンジュを強引に手に入れようとするにはあまりに行動が極端に思えるのだ。

たとえば、レヴィが何年もライバル心を燃やし続けていた相手がアーチボルド家ではなく、ラファエル個人に向けられていたものだったなら多少は理解できなくもないが……。

「あ…、もしかして、レヴィはずっとラファエルの関心を引きたかったのかも……」

「えっ？」

アンジュの呟きにラファエルは目を丸くする。

それはふとした思いつきだったが、妙に納得してしまったのは、あの島でのラファエルとレヴィのやり取りを思いだしたからだ。

「どういう意味？」

「ええ…、もちろん、彼がラファエルを羨ましく思う気持ちは大前提としてあったのだと思う。だから自分と比較して、憤りをぶつけるようにレヴィはたくさんの意地悪をラファエルにしてしまった。……だけど私、レヴィが自分のしたことをあんなに詳しく覚えているのが不思議だったの。ほら、嫌なことって一般的にはされた人のほうがより強く覚えているものでしょう？」

「へぇ…、あぁ、うん。…そうだよね」

曖昧に相槌を打つラファエルにアンジュは顔を綻ばせた。

わかっていたことだが、この人を一般的な括りで収めることはできそうにない。

「ラファエルが覚えていないのは、ニコニコ笑って些細なことだと流してしまえるからかもしれないわ。でもね、そんなおおらかさは誰もが持っているものじゃない。裕福な家の子だからってそうなるわけでもない。きっとそういうところもレヴィは羨ましかったのよ。自分がしたことで満足な反応を得られないのが歯がゆいって、そう思っているように私には見えたわ」

「……ならアンジュにキスを迫ったのは？　俺が怒るのを見たかったとでも言うの？」

「少なくとも、あのときは私が好きで取った行動だと思えなかった。彼はあの瞬間、ラファエルを見てそれは楽しそうに笑ったのよ。初めて得られた思いどおりの反応だったのかも。小さなときの意地悪も、本当は泣いたり怒ったりするラファエルを見たかったたんじゃないかしら」

「それは何のために？」

「そうね…。自分のほうが上だって示したかったのかもしれないし、気にかけてもらいたかったのかもしれない。私に求婚したのだって、無人島から連れ去ろうとしたのだって、私がラファエルの妻だからかもしれないわ。もちろん決めつける気はないけど」

「……」

ラファエルは眉を寄せて黙り込んでしまったが、あながち間違っていない気もした。事業を興すにしても、アーチボルド家と同じにする必要なんてなかったはずだ。越えるには壁として大きすぎるし、将来継ぐことになるラファエルと張り合いたかったというほうがよほど納得がいく。

だからこそ、将来のためにと二年間船に乗ったことを密かに喜び闘志も燃やしていた。なのに、実際の動機はまったく違うものだったと知って失望し、あとがない自分と、順《じゅん》風満帆《ぷうまんぱん》なラファエルとの差が広がる一方だという現実に腹を立てたのだ。

複雑な事情や感情が重なりすぎて、どれが正解かはアンジュにだってわからない。レヴィ本人に聞いても本当の答えなんて絶対に言わないだろう。

けれど、もしもレヴィがそんなふうに思ったとするなら、あの極端な行動も少しは説明がつく気がするのだ。

「俺、考えすぎてなんだか頭がくらくらしてきた」

「本当ね。とても難しい」

ラファエルは少し疲れた様子で息をつき、夜空を見上げた。

少し話しすぎたかもしれない。そろそろ部屋に戻るべきかと思っていると、彼はわずかに苦笑を浮かべてアンジュに視線を戻した。

「……レヴィはさ、いつも自信満々なんだよ。一人でもぐんぐん前を走ってすごいんだ。だから俺がいつか事業を継いで自分なりに頑張っても、いずれはレヴィみたいに商才のある人に追い越される日が来るかもしれないと漠然と思ってた。だって俺が誰かに敵対心を持つとしたらアンジュ好みの男かどうかって視点くらいだよ？　向いてる方向がこんなに違うのに、同じ土俵に立てるのかな……」

「ラファエル……」

「それはもちろん、俺にだって大切なものがたくさんある。家や両親、アンジュの両親やロイもそうだ。他にもいっぱいある。全部大事だと思ってるし守りたい。だけど俺の頭の中、百あるとしたら九十はアンジュなんだよ。嫌なことでもアンジュのことならなんだって覚えてる。好きになってもらうためなら、なんだってしようって思ってきた。それを誰に馬鹿にされたって、失望されても構わないんだ。……ただアンジュに危害を加えるならどんな理由があろうと許さない。アンジュを怖がらせるとわかってても、目の前でレヴィを殴る手を止められなかった。だって、アンジュをこの手で守れなければ、俺は何のために二年も離れたんだ？　俺はアンジュとこうしていたい。もう二度と離れる気なんてないんだ。戻ってきてよかったたって、泣いたアンジュを見て強く思った」

言い終わるなり、ラファエルはアンジュを抱きしめ、甘えるように顔を肩に埋めた。

頬に当たった包帯にそっと口づけを落とし、アンジュもまた彼の背中に腕を回して強く抱きしめる。

どんな目に遭っても、彼の心は揺るがない。

こう見えて意外に頑固で、びっくりするほど気持ちが強い。

少し変わっているけど、そんな彼がアンジュは愛おしくて仕方なかった。

自分は何ができるだろう。この人が苦しくなったとき、自分だけは何があっても味方でいることはできるに違いない。

「いつか…、レヴィと仲直りできるといいのにね」

「……そうだね」

「さぁ、そろそろ部屋に戻って休みましょうか。港に着くまでまだ少しあるわ」

「ん…、色々、面倒なことが待っていそうだしね」

「ええ、きっと大変ね」

「まぁでも……、なるようにしかならないし、そのときになったら考えようか」

先ほどまでの真剣な眼差しはどこへやら、途端にいつもの呑気な調子に戻ったラファエルにアンジュはくすくすと笑い、手を繋いで船長室へ向かった。

けれどその途中、ラファエルはハッと何かを思いだした様子でアンジュの手を放す。

忘れものをしてきたのかと思っていると、彼はなぜかいそいそと上着を脱ぎ始めた。

「……どうして脱ぐの？　しばらくは安静にって先生が」

「うん」

答えにならない返事をしながらラファエルは部屋の扉を開け、脱いだ上着をベッドに置いて腰掛ける。

今の彼はシャツを着ていないので、それでは上半身が裸になってしまう。

何もしないなら脱ぐ必要はないじゃない。

目のやり場に困って、アンジュはパッと顔を背けた。

「ふふ…っ、なんで目を逸らすの？　もっとじっくり見ればいいのに。アンジュは俺の身体、好きでしょ？　レヴィくらいじゃや、まだまだ細くて好みじゃないって知ってるよ」

「えっ!?」

「おいで、抱っこしてあげる」

「あ…っ」

言葉を挟む間もなく腕を摑まれて、強引に彼の腕に引き寄せられる。

そのまま膝の上に乗せられ、抱きしめられると頬に鎖骨が当たった。顔を上げると間近で目が合いカーッと頬が熱くなる。

「ねぇ、頻繁に服を脱いでいたのって、もしかして私の反応を楽しむためなの……？」

「他に何があるの？　だってアンジュ、薄着になると目を逸らすくせにチラチラ見るんだよ。とっても可愛いんだ。すごく意識してくれるから反応見たさで病みつきになっちゃった。今だって耳まで真っ赤にして、本当に堪んない」

「……っ」

暑いからという理由に疑問はあったが、まさかそんな理由だとは思わなかった。

そんなに見ていたのかとアンジュは恥ずかしくて目を合わせていられなくなり、隠れるようにラファエルの胸に顔を埋めた。

「……あぁ、しあわせ」

程なくして、眠たげな声が頭の上から響く。

耳に届く鼓動はとてもゆっくりで、抱きしめる腕はやけに温かい。

もしかしてと思ってそろそろと顔を上げると、ラファエルは船の揺れに合わせるようにうつらうつらとしていた。

今にも眠ってしまいそうだ。

それを見ているアンジュのほうも、だんだんと瞼が落ちていく。

やっぱり少し疲れてしまった。港に着くまでこうして眠るのも悪くない。

きっと自分たちが港から消えて、メレディス家もアーチボルド家も大騒ぎだろう。

さまざまな説明を何度もしなければならないだろうし、考えるだけで疲れてしまいそう。

――だけど、そのときになったら考えよう。

先ほどのラファエルの言葉を思いだし、今は彼に倣うのが一番だと小さく頷く。

徐々に身体から力が抜けて、二人してベッドに倒れ込む。

寝入る直前、薄目を開けると彼の唇が綻んでいた。

きっと、とてもいい夢を見ているのだろう。

同じ夢を見ることができたらいいのに…と、アンジュも唇を綻ばせ、誘われるように眠りに落ちていった――。

＋　＋　＋

数時間後、船は無事に港に着いた。

あと少しで夜明けという時間帯だったにもかかわらず、ラファエルたちのためにと馬車が待機しており、すぐにでも帰れるようになっていた。

人もまばらにいるが、とても静かだ。

少し前に目が覚めていたラファエルたちは、桟橋に道板を掛ける様子を甲板から眺めていた。

だが準備ができて下へ渡ろうとする直前、ラファエルは立ち止まり、アンジュの背をそっと押した。

「ラファエル？」

「すぐに行く。先に馬車の中で待っていて」

「えっ、どういう…」

「レヴィと会ってくる」

「えっ!?」

「大丈夫、もう暴れたりしないから安心して。少しだけ、二人で話をしてみたいんだ」

「……、……わかったわ」

アンジュはわずかに戸惑いの表情を浮かべていた。

しかし、ラファエルの気持ちを汲んだのだろう。躊躇いがちではあったが彼女は頷いた。

「あ、サム！　アンジュを馬車まで連れて行ってくれる？」

「お？　おぉ」

「じゃあアンジュ…」

「ええ、待ってるわ」

ラファエルはちょうど下層から出てきたサムを呼び止め、アンジュを彼に託す。

二人を見送ってからレヴィのもとへ向かおうと思っていたが、一旦背中を向けたサムがピタリと立ち止まり、なぜかこちらへ戻ってくる。

話し忘れたことがあるのかと思っていると、彼は持っていた林檎《りんご》をラファエルに渡した。

「昨夜からなんにも食べてないみたいだからさ。厨房覗いたら林檎があったから拝借してきたんだ。腹の足しにしてくれよ」

「あぁ、ありがとう」

「ん、またな！」

そう言ってサムは少し照れくさそうに手を振り、今度こそ立ち去った。

甲板から下りるさなか、サムはさり気なくアンジュの手を取っていて、そのデレデレした様子にラファエルは「抜け目ないなぁ」と苦笑を浮かべ、昇降口を下りていく。

目指すのはレヴィがいるであろう船倉だった。

「――どうしたラファエル。こんな場所に何か用か？」

「ゴードン。……少しレヴィと二人にさせてもらいたいんだけど、いいかな」

船倉に辿り着くと、ゴードンがいた。

彼はレヴィを外へ連れ出そうとしていたのか、身体を柱に括り付けていた縄を外そうとしていた。逃げないようにと念のための措置なのだろうが、決して気分のいい姿ではなかった。

「じゃあ、終わったら声をかけてくれ。俺は上で待機してる」

「わかった」

「……傷に障るからほどほどにな」

ゴードンは何かを意見することもなく、それだけ言い残して上層へと去っていく。

数時間前に彼が伝えたレヴィの話で、消化したいことがあってやってきたと理解したのだろう。

遠ざかる足音に耳を澄ませ、ラファエルは柱に括られたままのレヴィに近づく。

目の前に立つと彼は眉をひそめ、ふいっと顔を背ける。ラファエルに殴られた頬が腫れ上がり、口端からは血が滲んでいた。

「何の用だ……。まだ殴り足りないのか？」

苦々しく呟くレヴィの前にしゃがみ、ラファエルは持っていた林檎に目を落とす。

それを手で弄びながら、改めてレヴィを見つめた。

「……俺、この何時間か、子供のときのことを思いだしてた。だけど、あの頃は友達だって思ってたからかな。君が俺にしたっていう意地悪はやっぱりよく思いだせなかった」

「友達？　……おめでたい頭だ」

「おめでたい…、かな。よくわからない。なら聞くけど、君はどんな俺なら満足だったんだ？　意地悪されたときに泣けばよかったのか？　それとも怒ればよかったのか？」

「は…」

問いかけると、レヴィは浅く息をつく。

逸らしていた顔をこちらへ向け、嘲笑うように唇を歪めた。

「それを知ってどうする？　その能天気な性格が今さら直るというのか？」

「……能天気」

「他にどう形容しろと？　おおかた、さっきの大男から僕の話を聞いたんだろうが、だからなんだというんだ？　君は僕に殺されかけたんだぞ？　その相手と昔話をしようっていうのか？　冗談じゃない。僕は君に同情されるのだけはごめんだ。……僕は罪を犯した。やったことの報いは受ける。それだけで充分だ」

「レヴィ…」

別に同情のつもりはなかった。

腑に落ちない気持ちはあったが、レヴィのことは自分なりに尊敬していたから、彼を理解したいと思う感情が捨てられなかっただけだ。

だが、もしかしたら、そういう考えが彼の気持ちを逆なでするのかもしれない。

反応を見る限り、どんなラファエルでもレヴィは満足しないように思えた。

――もう会わないほうがいいんだろうか。

話せば話すほど、溝が深まるばかりだ。

しかも、レヴィはこの溝を埋める気がまったくない様子だ。

世の中にはわかり合えない相手もいるのかもしれない。ラファエルはぐっと気持ちを押し込め、そのまま諦めて立ち去ろうとした。

「なぁ、ラファエル、この僕がここで終わると思っていないよな？」

「…え？」

ところが、その矢先にレヴィは顔を上げてニヤリと笑う。

「一度はどん底から這い上がったんだ。何度だって這い上がってみせる。そうすればアンジュだって、きっと見直してくれるさ」

「……っ」

立ち上がりかけた恰好で、ラファエルは固まっていた。

まだアンジュを諦めないつもりか？

ジロリとレヴィを睨むと、彼は目を細めてさらに唇を歪めた。

「アンジュは忘れているかなぁ。初めてアーチボルド家で会ったとき、彼女は僕を見た途端、褒めてくれたんだ。とても綺麗な黒髪だと笑いかけてくれたんだよ。なぁ、ラファエル。好きになるきっかけなんて、その程度で充分だと思わないか？　……彼女に会えることなど、年に一度あるかないかだった。それでも鬱々《うつうつ》としたつまらない人生の中で、彼女に会えた瞬間だけは心が癒やされるようだった。あんなに優しく笑う人を僕は他に知らない。あぁ、そうだ。僕は彼女がほしい。そう簡単に諦められるものか！　君はたまたま彼女と幼馴染みで、婚約者で…、だから彼女はそれを黙って受け入れた。ただそれだけのことだ。僕のほうが君より上だ。僕のほうが愛してあげられる。アーチボルドなど必ず叩き潰《つぶ》してやる！　そうしたら誰にも文句は言わせない。無理やりだって構わない。君から奪い取って彼女をいつの日か僕のものに…――」

感情的なレヴィの独白。

しかし、それがなぜか唐突に途切れる。

不思議に思っていると、ラファエルが手に持っていた林檎が、いつの間にか彼の口に押しつけられているのに気づいた。

「ぐ…っ、う、……、げほっ、げほっ」

苦しげな顔を見て力を緩めると、レヴィは激しく咽《むせ》る。

ラファエルは手の中でミシッと音を立てる林檎を無言で見つめながら、どす黒い嫌な感情が膨れ上がるのを感じていた。冷静にならなくてはとゆっくり息を吐き出し、笑顔を作ってレヴィに目を向ける。

「……レヴィ、君は妄想がとても得意なんだね。やだな、もっと現実的に考えようよ。そうなる前に、俺が君を捻り潰すに決まってるじゃないか」

「――ッ！」

レヴィは目を見開き、わずかに肩を震わせた。

同時に林檎がぐしゃっと音を立てて潰れてしまったので、なんとなくレヴィに向かって放り投げる。

ラファエルは彼の太ももの上に転がる林檎を目で追いかけ、せっかくもらったのにと思いながらため息をついた。

場が静まり返り、レヴィは自分の太ももに転がった林檎に視線を落とす。

彼はしばし微動だにもしなかったが、やがてラファエルに視線を移すと喉の奥で笑いを噛み殺し、口端を吊り上げた。

「痛快だ、君がそんな顔をするとは思わなかった……！」

「……？」

何を言っているのかわからなかった。

そんな顔とはどんな顔だろう。笑顔を作ったはずなのにとラファエルは眉をひそめ、立ち上がってレヴィを見下ろした。

「……レヴィはすごく意地悪だね」

愉しげな笑い声が、船倉内に響く。

何がそんなに楽しいのだろう。

笑えるようなことなど一つもない。レヴィは変だ。

しかし、そこまで考えて、いつも笑っていた自分に対して彼が似たような感想を持っていたことを思いだす。

なんだろう。すごく嫌な気持ちだ。

今のうちにレヴィを潰してしまおうかと考えてしまった。今ならそれができると思ってしまった。

自分の中にそんな部分があると初めて知り、ラファエルはこの感情とどう向き合っていいのかわからず、レヴィの笑い声を聞きながら船倉をあとにする。

途中、ゴードンに話が終わった旨を伝え、急ぎ甲板まで出て天を仰いだ。

いつの間にか陽が昇り始め、朝焼けが眩しい。皆、すでに帰ったのか、辺りにはほとんど人がいなくなっていた。

「ラファエル！」

道板を渡っているとアンジュの声が聞こえた。

桟橋の向こうで手を振る彼女を見つけ、ラファエルは彼女のもとへと走りだす。

彼女もこちらに駆け寄り、互いの手を伸ばし、触れると同時に抱きしめ合った。

ごく自然にアンジュの腕がラファエルの背に回され、甘い香りと柔らかな抱き心地を感じてようやく息をつく。

「おかえりなさい」

「……ただいま」

ラファエルはアンジュの首筋に顔を埋め、掠れた声で頷いた。

そのまま彼女を抱き上げると、近くで待機していた馬車へと向かう。

中へ入ると向かい合わせで座り、彼女の姿をじっと目で追いかける。アンジュはわずかに首を傾げていたが、思いだした様子で座席に置かれていた林檎を手に取った。

「私もサムにもらったのよ」

「そうなんだ」

「ラファエルのは、……もう食べてしまった？」

「……あれは、あげちゃったんだ」

「そう。じゃあ、半分ずつ食べましょう」

アンジュはふわりと笑い、袖口で林檎を丁寧に磨いている。

微笑ましい姿に目を細めていると、林檎をサッと差しだされた。

促されるままにラファエルが齧《かじ》り付くと彼女は反対側に齧り付き、シャクッという小気味のいい咀嚼《そしゃく》音が響く。

口いっぱいに広がる甘酸っぱさを噛み締め、ラファエルは彼女に問いかけた。

「ねえ、アンジュ」

「なぁに？」

「俺が相手で…、よかったかな？」

「え？」

問いかけに、アンジュは目を丸くする。

変なことを聞いてしまっただろうか。林檎の向こうのアンジュをそっと覗き見ると、彼女はくすっと笑ってこちらを覗き返してきた。

「こんなにラファエルが好きなのに、他の誰かなんて考える必要があると思う？」

「……っ」

燻っていたどす黒い感情が一気に霧散《むさん》していくようだった。

息苦しい場所から引っ張り上げられた気分になり、ラファエルは自分の顔が自然と笑っていることに気がつく。

――あぁ、そうか。俺が笑っていられるのは、アンジュのおかげなんだ。

改めてそれに気づいたラファエルはいてもたってもいられず、彼女の隣に移動してその身体を抱き寄せた。

なんて愛しい人だろう。なんて可愛い人なんだろう。

だから俺は、いつだって前を向いていられる。

彼女が微笑んでいてくれるから、こうしていられるんだ。

俺には何ができる？

これからいくつ思い出が増えても、どれだけ大切なものが増えても、両手いっぱいに丸ごと抱えて歩いていけばいいだろうか。

大切に愛おしんでいれば、この腕の中で彼女はずっと笑っていてくれるだろうか。

アンジュが傍にいれば、何にも負ける気がしない。

そのための努力なら、俺は一生をかけてでもしてみせる。

「もっと食べる？」

「…ん」

腕の中でアンジュは林檎を齧り、ラファエルに差しだす。

それを齧ると、彼女は耳元でこそっと囁いた。

「キスも、いる？」

「……ん、ちょうだい」

やがて動きだした馬車の中で互いの唇が重なる。

無性に今、彼女を抱きたかった。

けれど、安静にという医者の言葉を思いだして、代わりに何度もキスをする。

小窓から注ぐ暖かな陽の光を感じながら、家に戻るまでの間、二人はそうやって呆れるほど顔を寄せ合っていた——。

あとがき

最後まで御覧いただき、ありがとうございました。作者の桜井《さくらい》さくやと申します。楽しい話を目指した本作。終わってみれば、なぜか変な登場人物ばかりだった気がしていますが、いかがでしたでしょうか。

個人的見解で一番おかしなラファエル。まっすぐで無邪気なぶん、勢いも人一倍ありましたが、最後のほうでは黒ラファエルが顔を覗かせ、なかなか興味深い人でした。もっと追い詰めたらどうなるのかなと好奇心がくすぐられるものの、たぶん怒らせると一番危険なタイプの人だと思うので想像すると少し怖い気もします。

そんな彼を『少し変わってる』で済ませてしまえるアンジュ。けれど芯は結構強く、のんびり二年も待てる彼女だからこそ、今後もうまくやっていけるのかもしれません。

最後にイラストを担当いただいた成瀬《なるせ》山吹《やまぶき》さん、編集のＹさんをはじめとして本作に関わっていただいたすべての方々に、この場をお借りして御礼を申し上げます。特に成瀬さんの描かれるキャラは、とても生き生きとしていて命を吹き込まれたようでした。

もし機会があれば、こういう感じの話もまた書いてみたいと思っています。

それでは、皆様とまたどこかでお会いできれば幸いです。ありがとうございました。

桜井さくや

この本を読んでのご意見・ご感想をお待ちしております。

◆ あて先 ◆

〒101-0051

東京都千代田区神田神保町2-4-7 久月神田ビル7階

㈱イースト・プレス　ソーニャ文庫編集部

桜井さくや先生／成瀬山吹先生

激甘《げきあま》ハネムーンは無人島《むじんとう》で!?

2016年5月8日　第1刷発行

著　　者　桜井《さくらい》さくや

イラスト　成瀬山吹《なるせやまぶき》

装　　丁　imagejack.inc

D T P　松井和彌

編集・発行人　安本千恵子

発 行 所　株式会社イースト・プレス
〒101-0051
東京都千代田区神田神保町2-4-7 久月神田ビル8階
TEL 03-5213-4700　　FAX 03-5213-4701

印 刷 所　中央精版印刷株式会社

©SAKUYA SAKURAI,2016 Printed in Japan
ISBN 978-4-7816-9577-8
定価はカバーに表示してあります。
※本書の内容の一部あるいはすべてを無断で複写・複製・転載することを禁じます。
※この物語はフィクションであり、実在する人物・団体等とは関係ありません。

Sonya ソーニャ文庫の本

『軍神《ぐんしん》の涙』　桜井さくや

イラスト　蜂不二子